어둠 뚫기

박선우
장편소설

어 둠 뚫 기

제30회 문학동네소설상 수상작

문학동네

내가 남자일 때, 어머니는 내 첫 애증의 대상으로 남지만,
내가 아버지의 분신이면서도 별개의 존재이기 때문에,
내 몸은 근본적으로 나를 아버지에게 돌려보낸다.
내가 여자일 때, 나의 어머니는 또한 내 첫 애증의 대상이지만,
내가 그녀의 분신이면서도 별개의 존재이기 때문에,
내 몸은 근본적으로 나를 어머니의 몸으로 돌려보낸다.
―피에르루이 포르, 『어머니와 딸, 애도의 글쓰기』

차
례

껍질 깎기

사랑했던 기억은 어디로 가나.

어디에도 없는데 어디에나 있는 듯하다.

○

내 나이 서른일곱, 공군에서 회계병으로 복무한 이 년 남짓을 제외하고 지금까지 엄마와 한집에서 살았다. 엄마 뱃속에서 꼬박 십 개월을 머물기도 했으니, 그걸로 떨어져 지낸 이 년을 얼추 상쇄하면 엄마와 평생을 함께 살았다고 볼 수 있다.

평생을, 함께.

이건 내 생각인데, 누군가와 같이한 세월이 지닌 힘은 상상을 초월할 정도로 영향이 세서 결코 사랑할 수 없을 것 같은 사람마저 사랑하게 만든다. 그러니까 나 같은 사람이 엄마 같은 사람마저 사랑하게 만든다.

내가 엄마를 사랑한다는 사실을 깨달은 건 삼 년쯤 전이다. 그때 나는 맙소사, 내가 저 사람을, 저런 인간을 진심으로 사랑하는구나, 하며 놀랐다. 만약에 어느 날 엄마가 잘못되기라도 한다면, 신체의 일부를 훼손당하거나 죽기라도 하면, 틀림없이 나는 큰 충격을 받아 정신을 잃을지도 모르겠구나 싶었다. 겨우 추스르고 나서도 몇 날 며칠을 통곡하겠구나, 어쩌면 식음을 전폐한 채 따라 죽으려 할지도, 이런 미친…… 하며 당혹을 금치 못했다.

그렇지만 더 놀라운 사실은 따로 있었다.

일생을 함께 보냈음에도, 그래서 누구보다 엄마를 사랑하게 되었음에도, 나는 도무지 엄마를 이해할 수 없었다. 그래, 나는 여태껏 한 번도 엄마를 제대로 이해한 적이 없다.

물론 이해를 한 것 같은, 마치 그런 걸 해낸 것 같은 순간들이 더러 있기는 했다. 아, 알겠어, 저 아줌마가 왜 지금 나한테 버럭버럭 소리를 질러대며 울분을 터뜨리는지 알겠어, 어째서 난데없이 사과를 한 접시 깎아다주며 눈웃음을 치고 가는지 알겠어, 무슨 연유로 내 책상 서랍을 마음대로 헤집어놓고 손도 댄 적 없다는 듯 시치미를 뚝 떼는지 알겠어, 어쩌다가 좋아하지도 않는 샐러드를 잔뜩 사와서는 오, 맛있다, 이렇게 맛있는데 너는 왜 안 먹어? 왜 안 먹지? 하며 혼자 꾸역꾸역 입에 넣는지 알겠어, 그래, 뭔지 다 알겠다고, 아마도 이런저런 이유 때문이겠지, 맞아, 분명해, 바로 그런 걸 거야, 하고 혼자 슬며시 웃었던 순간들이 있기는 했다. 그렇지만 오래지 않아 이해라고 여겼던 순간들은 모조리 오해였음이 밝혀졌고…… 내게 엄마라는 사람은 늘 제멋대로에 철면피에 안하무인에 불가해, 그 자체로 돌아와 있었다.

한편으로는 이런 생각도 든다.

애초에 누군가를 이해한다는 것이 가능한 일이긴 할까. 나는 나조차 제대로 이해해본 적이 없는데. 그렇지만 엄마는 나를 낳아준 사람이 아닌가. 나는 엄마에게서 태어난 사람이 아닌가. 한때 하나였던 우리가 서로를 이해할 수 없다면 피 한 방울 섞이지 않은 타인이야 뭐 말할 것도 없지 싶었다. 그런 생각을 두서없이 이어가다보면 대체 누구를 믿고 살아야 하나, 왜 살아야 하나 암담해졌다.

그러게, 왜 살아야 할까.

만약에 신이 있다면, 그래서 나와 엄마 둘 중에서 한 사람이라도 온전히 이해할 수 있는 기회를 준다면, 나는 엄마를 이해해보고 싶었다.

○

3월 초순, 말간 하늘에 서늘한 바람이 불던 일요일이었다. 늦잠을 자고 일어나 사골국에 밥을 말아먹는데 현관 쪽에서 도어록 비밀번호를 누르는 소리가 들려왔다. 철커덕하고 잠 금장치가 풀렸을 때 나는 뒤돌아보았다. 엄마였고, 장을 보고 오는 길인지 한 손에 검은색 비닐봉지를 들고 있었다.

"야."

엄마는 왠지 신이 난 얼굴이었다. 새로 개업한 과일가게에 들렀다가 태어나서 처음으로 망고를 봤다고 했다. 기념으로 만원어치 구입했다면서 굳이 하나를 꺼내 밥 먹는 내 얼굴 앞에 들이밀었다.

"이게 망고래."

"웬 망고."

그러고 보니 나 역시 태어나서 처음으로 망고를 본 듯했다. 이전에는 항상 껍질이 벗겨진 채로, 편의점이나 뷔페에서 먹기 좋게 조각난 형체로만 본 탓이었다. 그래서 내 머릿속의 망고는 젤리처럼 탱글탱글한 진노란색 정육면체에 가까웠는데, 엄마가 보여준 망고는 내 손바닥만한 크기의 길쭉한 타원형이었다. 꼭지가 달린 위쪽은 짙은 청록색이었고 아래쪽으로 갈수록 선명한 진홍빛을 띠었다.

나는 얼결에 망고를 받아들어 한 손에 쥐어보았다. 제법 두툼하니 묵직했다. 매대에서 햇빛을 머금고 있었는지 따뜻했고, 잘 익은 복숭아마냥 표면이 무를 줄 알았는데 참외처럼 단단했다. *단단해.* 그제야 이것이 망고라는 실감이 났고, 뭔가를 실감하는 일이 나를 살아 있게 만드는 것 같았다.

"이거 어떻게 먹어야 돼?"

엄마의 물음에 나는 생각해보는 척했다.

"글쎄, 껍질 깎아서 먹으면 되지 않을까."

"색깔 좀 봐. 안 익은 거 맞지?"

"모르겠는데."

알 턱이 없잖아, 라고 생각했다. 나도 오늘 처음 봤는데.

"이게 다 익은 상태일 수도 있지."

나는 건성으로 대꾸했다.

"그런가."

"아닐 수도 있고."

"그러면 네가 한번 깎아봐."

엄마는 이내 심드렁해진 얼굴로 돌아섰다. 안방을 향해 걸음을 옮기며 덧붙였다.

"까보면 알겠지."

나는 방문이 닫히는 소리를 들으며 손에 쥔 망고를 내려다보았다. 내 기억이 맞는다면 이것은 엄마와 내가 처음으로 함께 본 망고였고 처음으로 함께 먹을 망고였다. 그러고 보면 나는 조금도 기억하지 못하지만 엄마는 어렴풋이나마 기억하고 있을 우리의 처음들이 있을 터였다. 지극히 사소하지만 두 번 다시는 없을 처음들. 그 순간의 뭉클함과 환희 같은 것들. 엄마는 내게 그런 이야기를 해준 적이 없었다. 단 한 번도 없었지. 물어본들―물어보지도 않을 거지만―먹고살기 바빴어서 기억나는 게 없다는 답변이나 들을 것이 빤했다.

그게 왜 궁금한데?

그러곤 밑도 끝도 없이 타박을 놓겠지.

너는 참 팔자 좋은 소리나 하고 있다. 우리가 처음으로 같이 한 일? 대체 뭔 할 짓이 없어서 그런 게 알고 싶냐.

나는 자리에서 일어나 망고를 개수대로 가져갔다. 흐르는 물에 몇 차례나 씻고 과도를 꺼내 천천히 껍질을 벗겨냈다. 반 뼘쯤 깎았을 때 손가락 사이로 불투명한 과즙이 배어나며 열대의 향이랄까, 달고 눅눅한 냄새가 물씬 풍겼다. 망고는

16

겉과 다르게 속이 노랬다. 내가 알던 망고 색에 가까웠다. 그렇지만 탄력이 거의 없어 조금만 힘을 줘도 맥없이 흐무러졌다. 나는 끈적끈적해진 손으로 남은 껍질을 조심스레 벗겨냈다. 그런 뒤 칼로 조각조각 먹기 좋게 썰어 희고 둥근 접시에 담아보려 했는데…… 편의점이나 뷔페에서 왜 손질이 다 된 망고를 내놓는지 알 것 같았다.

○

사골국에 밥을 말아서 멸치조림과 함께 먹던 아들이 눈에 밟혔는지, 그날 오후 엄마는 깍두기를 담갔다. 과장을 조금 보태자면 내 몸통만한 크기의 무를 두 개나 사서는 가파른 언덕길을 끙끙거리며 들고 올라와—또 빌라 오층까지 계단으로 끙끙거리며 들고 올라와—오후 내내 깍두기를 담갔다.

"이걸 다 어디서 산 거야."

엄마가 씻으려고 스테인리스 대야에 담아둔 무를 내려다보며 내가 물었다.

"어디서 사긴, 시장에서 샀지. 새마을금고 옆에 야채 파는 뚱땡이 할머니 있잖아. 그 할머니한테서."

엄마는 앞치마의 끈을 허리 뒤로 묶으며 나를 쳐다보았다.

"기억은 나?"

"나지. 그 할머니 아직도 장사해?"

"어, 장사해서 막내딸 로스쿨도 보내고 손주들 용돈도 주고 다 한다는데?"

나는 말없이 고개만 끄덕였다. 어릴 적에 그 할머니가 벌여놓은 좌판 앞에서 몸을 배배 꼬며 서 있던 기억이 떠올랐다. 엄마가 채솟값을 오백원이라도 깎으려고 쑥갓이며 애호박을 이리저리 들추며 흠결을 찾는 동안, 나는 발끝으로 땅을 툭툭 차며 깨진 보도블록의 틈만 내려다보고 있었다.

"그 할머니 아직도 뚱뚱해? 대체 나이가 몇이야."

"몰라. 백 살쯤 됐나."

엄마는 어깨를 으쓱하더니 싱크대에 올려둔 고무장갑을 한쪽씩 손에 끼웠다.

"그럼 그 옆에 계란 할머니도 아직 있어?"

"그 할머니는 없어. 얼마 전부터 막내아들이 대신해."

"왜?"

엄마는 고무장갑 낀 손을 쥐었다 폈다 하며 말했다.

"무슨 간암인가 심장병인가에 걸렸다나봐. 몇 년 동안 치료하고 완치 판정을 받았는데 일하다가 또 쓰러졌대. 그래서 백수 아들놈이 마지못해 대신하는 중인데, 힘들어서 죽으려고 하더라. 다음달까지만 하고 접는다나 뭐라나. 그럼 나는 이제 계란을 어디서 사나."

"이 앞에 횡단보도만 건너가면 마트 있잖아. 거기서 사."

말하고 보니 얼마 전에도 엄마에게 똑같은 말을 했다는 것이 기억났다. 그전에도, 또 그전에도. 엄마, 마트에서 사라니까. 대체 뭐하러 삼십 분 넘게 걸어서 시장까지 가는 거야? 어째서 미련하게 그걸 다 이고 지고 오는 거야? 그때마다 엄마는 어어, 하면서 내 말을 귓등으로 흘렸다.

"이런 무 같은 것도 마트에서 사고. 무거운 물건들 직접 나르지 말라니까."

"계단 오르다가 미끄러져서 넘어지면 어쩌려고 그래? 엄마 나이에 뼈 부러지면 진짜 큰일나는 거 몰라?"

"제발 배달 좀 시키라고! 배달!"

이번에도 엄마는 들은 체 만 체 했다.

"아이고, 웃기지도 않네."

엄마는 상체를 숙여 무가 든 대야를 번쩍 들어올리더니 발코니를 향해 종종걸음치며 말했다.

"다 컸다고 시장도 같이 안 가는 놈이, 지가 뭔데 배달을 시키라 마라야."

그날 약속이 있어서 외출하고 돌아온 나는 저녁식사로 또 사골국에 밥을 말아먹었다. 엄마가 흰 접시에 수북이 쌓아놓은, 갓 담근 깍두기를 곁들여서였다. 젓가락으로 네모나고 납작한 무를 집어 입안에 넣고 와작와작 씹었다. 무가 달았다. 아직 소가 배지도 않았을 텐데 무 자체에서 단맛이 강하게 느껴졌다. 무가 다네. 원래 단가. 나는 어리둥절한 기분으로 식사를 이어갔다. 허기졌는지 먹는 와중에도 침이 고였고, 숟가락질하는 속도가 점점 빨라졌다. 그릇을 절반 넘게 비웠을 때에는 나도 모르게 감사합니다, 라고 생각했다. 감사합니다.

○

일요일 밤 아홉시 오분이 되면 SBS에서 〈미운 우리 새끼〉라는 예능 프로그램을 방영한다. 미혼이거나 이혼한 중년 남자 연예인들이 벌이는 한심한 짓거리를 그들의 친모가—아닐 수도 있지만—스튜디오에 모여 앉아 관찰하며 이런저런 코멘트를 하는 것이 주된 내용이다. 나는 엄마가 그 프로그램의 애청자라는 사실만으로 다소 언짢을 때가 있었는데, 그러거나 말거나 엄마는 아홉시가 임박해오면 어디론가 사라져버린 리모컨을 찾기 위해 거실을 배회하며 큰 소리로 외쳤다.

"미운 새끼 내 새끼 봐야 돼. 미운 새끼 내 새끼!"

그때마다 방안에서 책을 읽거나 침대에 누워 아이패드로 영화를 보던 나는 엄마가 왜 저럴까 생각했다. 혹시 나 들으라고 일부러 틀리게 말하는 걸까 싶었는데, 차마 물어본 적은 없었다.

엄마, 불만 있으면 그냥 말해.

어쩌면 엄마는 별생각 없는지도 모르겠다. 이윽고 방문 너머에서 들려오는 천진한 웃음소리를 듣고 있으면—저런 게 왜 재밌을까—엄마에게 무슨 속셈이랄지 꿍꿍이란 게 있을 리 없겠다는 생각이 드니까. 그저 내 자격지심인가 싶어지니까.

한편 엄마는 내가 방안에서 어떤 책을 읽고 아이패드로 무슨 영화를 보는지 결코 알지 못할 것이다. 과연 궁금해한 적이나 있을까 싶지만, 언제부터인가 내 관심사나 취향 따위를 엄마에게 일절 공유하지 않았기 때문이다.

꽤 오래전의 일이다.

추석을 맞아 효도라는 걸 해본답시고 엄마와 함께 가까운 영화관을 찾은 적이 있었다. 그날 엄마는 오랜만의 극장 나들이에 들뜬 기색이 역력했다. 어째서 영화표를 영수증으로 준다니, 팝콘이 왜 이렇게 비싸니, 포토 티켓은 또 뭐니, 하면서 눈에 띄는 모든 것에 대해 묻거나 딴지를 걸었다. 매표소 앞에서는 평소답지 않게 신중한 얼굴로 망설이다가 5·18 민주화운동을 소재로 한 작품을 골랐다. 넉넉한 보수를 받기로 약속하고 독일인 기자를 차에 태워 서울에서 광주까지 데려다주는, 그러다가 항쟁에 휘말리며 참극을 목격하고 서서히 각성하는, 끝내 시대의 비극에 맞서는 택시 운전사가 주인공인 영화였다.

나는 그 작품을 관람하는 틈틈이 고개를 돌려 스크린을 올려다보는 엄마를 살폈다. 어두컴컴한 공간에서 푸르스름한 빛에 물든 엄마의 얼굴이 왠지 낯설고 신기했던 기억이 난다. 영화에 집중한 엄마는 입을 살짝 벌린 채 두 눈을 깜박이지도 않았다. 무방비한 아이 같았고, 그래서인지 나는 영화 관람보다 엄마의 얼굴을 잠깐잠깐 바라보는 일이 더 즐거웠다.

엔딩 크레디트가 올라가면서 주변이 환해졌을 때, 나는 엄마에게 영화가 어땠는지 물었다.

"어떻긴 뭘 어때."

엄마는 불퉁한 기색으로 자리에서 일어나 서둘러 상영관 밖으로 나가버렸다. 내가 허둥지둥 쫓아가며 왜 그러냐고 묻자 엄마는 걸음을 멈추지 않은 채 낮은 목소리로 뭐라 뭐라 중얼거렸다. 알아들을 수 있는 말이 하나도 없었고, 결국 나는 통로 모퉁이에서 엄마를 붙들어 세웠다.

"왜 이러는데, 진짜."

그러자 엄마가 버럭 소리를 질렀다.

"너는 어쩌자고 이런 영화를 보게 하니?"

나는 당황해서 엄마를 쳐다봤다.

"뭔 소리야. 내가 보자고 했어? 엄마가 고른 영화잖아."

"그러니까, 포스터만 보고 송강호가 택시 운전하길래 재밌는 건 줄 알았는데, 사람들이 고문당하고 총 맞아 죽고…… 어휴."

"잘만 보더니."

"내가?"

엄마는 기막히다는 듯 한쪽 눈을 치켜떴다.

"잘 보긴 개뿔을 잘 봐."

그러면서 한 손으로 이마를, 다른 손으로 허리를 짚은 채 숨을 깊이 들이마시고 뱉어냈다. 몇몇 장면이 아직도 눈앞에 어른거리는지 미간을 살짝 찌푸리기도 했다.

"뭐가 문젠데."

내가 못마땅한 기색으로 묻자 엄마는 무슨 말인가 하려다가 멈추었다.

"됐어, 됐고……"

한 손을 휘휘 저으며 말했다.

"저녁이고 뭐고 집에 가자. 내가 너랑 무슨 얘길 하니."

그날 이후로 나는 엄마와 함께 영화를 본 적이 없다. 거실 소파에 앉아 명절 특선으로 방영해주는 영화를 보다가도 엄마가 안방에서 나와 옆자리에 앉으면 리모컨을 집어 채널을 돌려버렸다.

"왜? 계속 보지 않고."

엄마가 물으면 말없이 고개만 가로젓고는 그대로 방에 들어갔다. 침대에 누워 아이패드로 그 영화를 마저 보았다.

돌이켜보면 무슨 그따위 일로 마음에 벽을 쌓았을까 싶다. *내가 너랑 무슨 얘길 하니.* 엄마가 그런 식으로 면박을 준 게 하루이틀도 아니었는데 말이다. 어쩌면 하루이틀이 아니어서 문제였는지 모르겠다. 긴 세월에 걸쳐 내면에 앙금들이 차곡차곡 쌓였고, 어느 순간 견고한 벽을 이루었는지도.

사실 엄마와 나 사이에는 무수한 종류의 벽이 가로놓여 있다. 벽과 벽, 벽이 늘어서 있다. 적어도 내가 느끼는 바로는 그렇다.

본디 가족이란 게 그렇지 않은가.

내가 너랑 무슨 얘길 하니.

부모 자식 사이란 게 그렇지 않은가.

○

잊을 만하면 한 번씩 엄마는 내게 언제 결혼할 거냐고 묻곤 했다. 정말로 궁금해서 물은 것은 아니고 대체로 엄마 친구들의 자녀가 혼담을 주고받을 때, 기어이 작고 앙증맞은 디자인의 청첩장이 날아들 때, 딱히 참석하고 싶지는 않으나 그동안 쌓아온 친분과 받아먹은 돈이 있어서 예식장에 얼굴을 비쳐야 할 때, 괜히 성질이 나니까 만만한 나한테 풀듯이 대체 너는 언제 결혼할 거냐고 물었던 것이다.

그러면 나는 말없이 엄마를 쏘아보기만 했다. 내가 생각하기에도 버르장머리없이 눈을 흘겼다. 도대체 이 아줌마는 내가 남자를 좋아한다고, 남자만 좋아한다고 몇 번을 이야기해야 받아들일까…… 불만스럽고 답답해서 그랬다.

한번은 엄마 앞에 사귀는 남자를 데리고 나타나 여봐란듯이 물고 빨고 쪽쪽거릴까 싶기도 했다. 이른바 충격요법. 엄마, 이것 좀 보세요, 엄마 아들은 이렇다고요, 남자에 환장했어요, 하고 시위할까 싶기도 했으나 어느 집 자식이 부모 앞에서 그런 짓까지 하겠는가. 나 역시 상식적인 선을 벗어나고 싶지는 않았다. 그렇지만 어째서 나만 상식적으로 굴어야 할까 싶기도 했다. 내키는 대로 말하고 행동하는 사람들 앞에서 가끔은 복장이 터질 만큼 억울한 심정이 되곤 했으니까.

들기로는 이러한 상황에 처할 때마다 커밍아웃을 해야 한다고, 동성애 선언은 관뚜껑에 못이 박혀도 뛰쳐나가서 해야 한다는데 내게는 그럴 만한 의욕이랄까 에너지가 없었다. 몇 해 전, 겨우내 야근과 주말 근무를 병행하다가 대상포진에 걸리면서 건강을―어쩌면 젊음을―영영 잃어버린 탓이었다. 지인의 권유로 홍삼 엑기스와 프로폴리스를 복용해봤지만 이렇다 할 차도가 없었다. 하루는 알람 소리를 듣고 간신히 몸을 일으켜 세수를 하려는데 별안간 콧구멍 안쪽이 뜨끈해지면서 검붉은 피가 주르륵 쏟아져나왔다. 출근길에 지하철역 계단을 오르다가 마지막 층계를 앞두고 눈앞이 핑 돌면서 졸도할 것 같은 느낌을 받기도 했다. 도통 집중력을 발휘하지 못해 집에서든 회사에서든 실수 연발이었지. 전반적으로 사는 게 고달팠고, 그 후유증은 지금까지도 남아 있다. 그래서 나는 엄마가 언제 결혼할 거냐고 물으면 말없이 노려보기만 하다가 자리에서 일어났다. 방으로 들어가 문을 쾅 닫았고,

책상 앞에 앉아서 나를 이해해주지 않는 엄마를 도무지 이해할 수 없다고 생각했다. 그럼에도 엄마를 이해하고 싶어하는 나를 도무지 이해할 수 없다고 생각했다.

○

이럴 바에는 따로 사는 편이 낫지 않을까.

그런 생각이 들 때마다 나는 인터넷에 접속하여 부동산 시세를 검색했다. 우선은 내가 근무하는 출판사가 위치한 서교동 일대를…… 으음…… 대중교통으로 한 시간 내에 출퇴근이 가능한 주변 지역의 집값까지 샅샅이 훑어보았다. 세상에는 왜 이런 공간을 만들어서 악착같이 세를 받으려 드는지 따져 묻고 싶은 구조와 크기의 집이 많았다. 천장 한쪽이 바닥까지 기울어져 있거나 현관문 바로 옆에 싱크대가 놓여 있거나 방바닥이 팔각형이거나 욕실 안에 주인집 보일러가 설치되어 있거나 창문이 아예 없는 집도 있었다. 포토샵으로 층고와 너비, 채광을 교묘하게 조작한 공간도 부지기수였고 오, 여기 괜찮다, 이 정도에서는 살아야 사는 거지, 싶은 곳은 꽤나 무리한 수준의 월세와 관리비를 요구하거나, 내가 십 년 넘게 월급을 한푼도 쓰지 않고 모아도 지불하기 어려운 전세

가와 매매가를 달고 있었다.

　역시 대출뿐인가. 그런데 빚을 내면서까지—매달 은행 이자에, 공과금에, 생활비를 혼자 감당하면서까지—따로 살아야 할까 싶었다. 내가 그렇게까지 엄마를 싫어하나. 회사를 계속 다닐 수 있다는 보장은 있나. 이래갖고 돈은 언제 모으나.

　혼자 지낼 엄마가 걱정되기도 했다. 텔레비전에 연결된 셋톱박스 오류가 나면 엄마 스스로 케이블방송을 틀지 못하는 게 마음에 걸렸다. 혼자서는 장롱 위에 올려둔 교자상을 꺼내지 못하는 것도, 은행 앱 사용을 겁내며 매번 고춧가루 대금이나 참기름값 송금을 나한테 부탁하는 것도, 도어록의 비밀번호를 변경할 줄 모르는 것도, 걸핏하면 가스 밸브를 잠그지 않은 채 외출하는 것도 마음에 걸렸다.

　그렇게 떠오르는 대로 생각을 이어가다보면 어느새 독립에 대한 충동은 눈 녹듯 사라지고 없었다.

○

　자려고 누웠는데 거실에서 누군가와 한참을 통화하던 엄마가 노크도 없이 방문을 벌컥 열고 들어왔다.

　"야, 들었어? 현수네 말이야. 지난달엔가 결국 이혼했단다.

그러게 내가 잘난 며느리는 들이지 말라고 몇 번을 말했는데. 기울어도 좀 기우는 결혼이었어야지. 야, 너도 생각 잘해. 엄마는 며느리가 초등학교 선생님이나 은행원이었으면 좋겠어. 네가 철딱서니도 없고 돈도 별로 없잖니. 웬만하면 요리도 잘했으면 좋겠어. 아니, 솔직히 내가 언제까지 너랑 김장을 해야 되니. 나도 누가 담가주는 김치 좀 먹어보자, 응?"

그 말을 듣고 나는 유도 선수처럼 체격이 건장한, 초등학교 선생님으로 근무하는 남편을 집에 데려오는 장면을 상상했다. 그가 나와 함께 양손에 고무장갑을 끼고 발코니에 쪼그려앉아 배추 서른 포기를 물에 씻고 소금에 절이고 김칫소를 묻히는 과정을 머릿속에 그려보았다. 아들 부부가 김장하는 걸 흡족한 얼굴로 바라보며 부엌에서 수육을 만들고 있을 엄마의 모습도.

소원 푸셨네요.

내 말에 엄마는 손뼉을 딱 치면서 대답한다.

그러게, 동성 결혼 만세다. 야.

하지만 엄마…… 생전에 그런 날이 오기나 할는지 모르겠어.

○

언제였던가. 친구가 사뭇 진지한 태도로 내게 물은 적 있었다. 어째서 게이들은 엄마한테 집착하는 경향이 있느냐고 말이다.

"마르셀 프루스트도 그렇고 페드로 알모도바르도 그렇고 자비에 돌란도 그렇고 너도 그렇고…… 예술하는 게이들은 왜 하나같이 마마보이인 거야?"

당시에 나와 친구는 광화문 사거리에서 횡단보도를 건너는 중이었다. 토요일 오후였고 집회를 나온 시위대와 경찰, 행인들이 한데 뒤섞여서 거리가 발 디딜 틈 없이 붐볐던 기억이 난다. 나는 혼란한 와중에도 얘가 뭐라니, 하고 반발심을 느끼며 일단 길이나 건너자고, 건너가서 이야기하자고 했다. 한적한 카페로 자리를 옮긴 뒤 뭐라 답변을 하긴 했는데, 어떤 말을 했는지 딱히 기억에 남아 있지 않은 걸 보면 적당히 얼버무렸던 것 같다. 그래서였을까. 이후로도 그 질문은 내 안에 남아 몇 번이고 그것에 대해 생각해보도록 이끌었다. 잊을 만하면 떠올라 머릿속을 휘저어놓았다.

내가 엄마한테 집착한다고?

내가?

한 번도 그리 생각해본 적 없었는데 그렇다고 하니까 좀 그런 것 같기도 했다. 그래서 나는 국어사전 사이트에 '집착'이라는 단어를 검색해보았다. 새삼 생경하게 느껴지는 그 단어를 에워싼 표현들에 주목했다. 예컨대 '강한' '지나친' '붙다' '끈적끈적한' '병적인' '잊지 못하고 매달리다' '사로잡히다' '드러내 보이다' '떨쳐버릴 수 없는' '대단하다' 같은 표현들에. 그러면서 집착의 성질과 양식을 가늠케 하는 어휘들이 실로 엄마와 나의 관계에 들어맞는다는 인상을 받았다. 그 표현 하나하나에 해당하는 과거의 장면들이 머릿속을 스쳐지나가는 듯했다. 덕분에 엄마한테 집착하는 경향이 있다는 사실을 조금은 인정할 수 있었다. 다만 그 사실을 일깨워준 친구와는 점점 소원해졌고, 이제는 거의 연락을 주고받지 않는 사이가 되었다.

○

내가 처음으로 뭔가를 썼다고 느낀 것은 고등학교 1학년 때였다. 이전에도 뭔가를 쓰기야 했겠지만 정말로 '썼다'는 감각을 느낀 것은 그때가 처음이었다.

바로 엄마를 향한 욕설이었다.

정확한 맥락은 기억나지 않지만 그날 저녁, 엄마는 나한테 거의 뭐 나가 죽어라 이 새끼야, 같은 폭언을 한 시간 가까이 퍼부었다. 듣기 싫다고 도망쳐도 쫓아와서 들들 볶았고, 볼일을 보러 화장실에 들어가자 바깥에서 아주 똥을 싸고 있네, 똥을 싸, 빌어먹을 놈이, 하면서 문을 쾅쾅 걷어찼다. 세상에, 너무하잖아, 아무리 부모 자식 사이라지만 이런 수모를 주다니, 저런 사람이 내 엄마라니…… 실제로 나는 똥을 싸면서 근본적인 회의에 빠져들었다.

그 밤 윗집 아주머니가 시끄럽다며 항의하러 온 틈에 나는 내 방으로 뛰어가 문을 걸어 잠갔다. 얼마 후 엄마는 한풀 꺾이면서 잠잠해졌는데—윗집 아주머니가 집주인이었다—나는 시간이 흐를수록 분하고 억울한 감정이 치밀어 어찌할 바를 몰랐다. 약이 올랐고, 어느 순간에는 문을 박차고 나가 엄마를 향해 악다구니를 쓰고 싶다는 충동에 휩싸였다. 하지만 나는 그 와중에도 엄마 같은 사람은 되고 싶지 않다는 일념으로 책상에 노트를 꺼내 펼쳤다. 수업 준비물을 사러 간 문구점에서 무심코 집어든 검붉은색 양장 노트였다.

나는 그 노트의 두번째 페이지에—어째서 첫 페이지는 공백으로 남겨두었을까—무턱대고 뭔가를 휘갈겨쓰기 시작했다. 차마 입에 담지 못할 표현까지 거침없이 써내려가는 나를 한 발짝 떨어진 자리에서 제삼자의 시선으로 응시하는 듯한 감각을 느꼈다. 내가 쓰고 있는데, 나 아닌 누군가 대신 쓰는 듯한, 하지만 그 역시 나임이 분명한 그런 경험은 난생처음이었다.

이윽고 내 안에 있는 줄도 몰랐던 문장들로 가득찬 노트를 내려다보며 나는 죄의식과 해방감을 동시에 느꼈다. 종이에 글자를 썼을 뿐인데 패륜보다 더한 짓을 저지른 듯한, 집밖으로 뛰쳐나가 크게 고함을 지르며 거리를 달음박질하고 온 듯한, 다른 생을 잠시나마 영위하고 온 듯한 기분에 심장이 쿵쿵 뛰었다. 돌이켜보면 그 감각을 잊지 못하여, 다시금 느끼기 위하여 글을 쓰기 시작했다는 생각이 든다. 나를 낳아준 엄마가 죽었으면 한다는 문장이 적힌 그 노트는 지금도 내 방 책장 한구석에 꽂혀 있다.

○

하루는 명동에서 쇼핑하는 중에 부고 메시지를 받았다. 휴대전화 케이스를 어떤 색으로 구매할지, 재질은 가죽으로 할지 패브릭으로 할지, 뒷면의 패턴은 도트로 할지 헤링본으로 할지, 그따위 것들에 한참이나 시간을 쏟고 있을 때였다.

고인이 된 이는 대학 시절 동아리 선배로, 나보다 두 살 많은 누나였다. 나는 메시지를 본 순간 누나가 결혼한 지 이 년 만에 위암 3기 판정을 받고 항암 치료중이라는 소식을 건너들었던 기억이 났다. 젊으니까 잘 치료되지 않을까. 아니야, 젊어서 더 위험해. 암세포 전이가 활발해서. 활발해서 위험해? 젊어서 더 위험해? 당시에는 다들 믿을 수 없다는 얼굴로 누나에 대한 걱정을 주고받았던 것 같은데, 그러면서 건강이 최고니 뭐니 한참을 떠들다가 대학 시절에 누가 누구랑 사귀었다느니, 춘천에 엠티를 갔을 때 숲에 불을 낸 적이 있다느니 소란을 피웠던 것 같은데…… 야, 너 그 선배 기억나? 완전 또라이였잖아, 그런데 지금은 애 둘 낳고 열 살 어린 와이프한테 꽉 잡혀 산다며? 주식인지 비트코인인지 대박 났다며? 그런데 우리 저녁으로 뭘 먹지, 이 근처에 뭐가 맛있지? 칼국수? 그래, 가자, 일단 가보자, 하면서 결국에는 모두 자리를 털고 일어났던 것 같은데, 이후로 다시는 누나에 관한 소식을 들은 적 없었는데……

　그날 나는 휴대전화 케이스를 사지 못한 채 발걸음을 돌렸다. 집으로 향하는 버스 맨 뒷자리에 앉아 창문만 바라보았다. 새벽에 내린 비로 쌀쌀해진 날씨 탓인지 차창에 부옇게 김이 서려 있었다. 손바닥으로 쓱 문지르자 잿빛으로 물든 초

겨울 풍경이 눈에 들어왔다. 바람이 불 때마다 플라타너스의 마른 잎사귀들이 우수수 떨어져 내렸다.

나무가 이파리를 포기하는 시점은 언제일까.

그때 나는 생각했다. 한 존재가 다른 존재를 끊어내기로 결심하는 순간은 언제일까. 나무는 모든 잎을 떨궈야만 겨울의 혹한을 견뎌낼 수 있을 것이다. 버티고 살아남아 봄을 맞이해야 다시금 새로운 이파리를 틔울 수 있을 것이다. 아무 일도 없었다는 듯 무성해지고 충만해질 수 있을 것이다. 그리고 다시 날이 스산해지면 잎을 하나둘 포기하겠지. 그러한 반복, 반복…… 혹시 나무에게도 기억이란 게 있을까. 만약에 나무가 제게서 돋아난 잎 하나하나를 모두 기억한다면 해마다 몇백 번의 이별을 감당해야 할 텐데 과연 기억이란 게 있을까. 만약에 신이 있다면 나무에게 기억을 주었을 리 없다. 아니, 신이 있다면 나무에게 기억을 주었을 것이다. 어쩌면 그 어떤 생명체보다 뛰어난 기억력을 주었겠지. 그리하여 생애 겪은 모든 이별을 간직하도록, 잊지 못하도록 계획해두었을 것이다. 그것이 신이다.

그런 생각을 하던 중 나는 버스가 횡단보도 앞에서 멈춰 섰을 때, 상체가 앞으로 기울어졌다가 제자리로 돌아왔을 때 오랫동안 잊고 지냈던 장면을 하나 떠올렸다. 누나가 졸업할 즈음 동아리실에 있던 나를 찾아와 연보랏빛 편지 봉투를 불쑥 건네주던 장면이 생각난 것이었다.

나는 집에 도착하자마자 옷도 갈아입지 않은 채 책장과 서랍을 뒤지기 시작했다. 이십 분 넘게 방을 어지른 끝에 낡은 종이 상자에서 누나의 편지를 찾아냈다. 한쪽 귀퉁이가 너덜너덜해지고 곳곳에 연갈색 얼룩이 번져 있는…… 특별한 내용은 아니었다. 너랑 친해질 줄 알았는데, 동아리실에서 처음 보자마자 그런 예감이 들었는데, 언젠가 속깊은 이야기도 나눌 수 있으리라 여겼는데 그런 기회가 없었다며 아쉬워하는 내용이 누나다운 단정한 필체로 적혀 있었다. 그런데 왜 기회가 찾아오기만 바랐을까, 어째서 내가 그 기회를 만들어낼 생각은 하지 못했을까, 라는 문장은 중간에 잉크가 떨어졌나 싶을 정도로 가늘고 흐릿하게 적혀 있었다.

어쨌든 너는 잘 살아.

편지는 그렇게 끝났다.

잘 좀 살아.

○

지난 계절에는 회사에서 상여금을 받았다. 어린이팀에서

론칭한 팝업북 시리즈가 한 인기 배우의 브이로그에 등장한 뒤로 연일 화제에 오르며 기록적인 매출을 낸 덕분이었다. 근래에는 책이 그런 식으로만 팔렸다. 일명 '셀럽'이라고 불리는 이들이 직접 저술하거나 그들이 상업적 의도 없이—광고비 없이—극찬해야 주목을 받았다. 시청률 높은 예능 프로그램에서 비중 있게 다뤄지거나 아이돌의 애장품 중 하나로 등장해야 사람들의 이목을 끌 수 있었다. 그러면 해당 출판사 마케팅팀에서는 유명인이 책을 들고 있는 이미지를 가져와 광고로 집행하고 '○○가 선택한 올해의 책' 같은 문구를 여기저기에 내걸었다. 주요 언론사에서 장문의 서평 기사를 써주고, 국내 유수의 문학상을 받고, 서점 매대에 책을 한 무더기 쌓아놓는 것보다 그런 게 훨씬 효과적이었으니까.

복권에라도 당첨된 듯 기뻐하던 회사 대표는 해당 부서에 포상을 내리고, 수익의 일부를 전 직원에게 나눠주었다. 나로서는 생애 첫 상여금이었다. 이백만원에서 칠만원 남짓의 세금을 제한 금액이 월급 통장에 고스란히 입금되었다. 사무실에 앉아 휴대전화로 그 액수를 확인하고 있으니 아주 잠깐이지만 돈 벌기가 참 쉽다는 생각이 들었다.

쉽기는…… 매일 오전 여섯시 반에 알람 소리를 듣고 깨어나 비몽사몽 욕실로 향하는 주제에, 담당 책의 마감이 임박해오면 일주일 내내 야근하고 저자의 원고 수정 요청에는 한밤 중에도 벌떡 일어나 전화상으로 불러주는 내용을 일일이 받아 적어야 하는 주제에, 그렇게 백여 개의 수정 사항을 반영해도 한두 개의 조사나 문장부호를 놓치면 교정을 제대로 보긴 하느냐는 힐난을 듣는 주제에, 북토크 뒤치다꺼리에 술시중에 시답잖은 성희롱 발언에도 하하호호 선생님 참 재밌으시다 하며 앞장서서 분위기를 바꿔야 하는 주제에, 그러다가 대상포진이나 걸리는 주제에, 아파서 병가를 내는 날들은 전부 무급 처리되는 주제에, 어째서 그런 순간에 느꼈던 실망과 무력감을 까맣게 잊어버리고 나란 인간은……

어쨌든 내 생애 첫 상여금이었다.

엄마한테는 일언반구도 하지 않았다.

○

출판사에서 편집자로 경력을 쌓기 전, 예술대학원을 졸업하고 내가 처음으로 다녔던 회사는 여의도에 위치한 모 증권사였다. 이제 와보니 무슨 생각으로 그런 곳에 입사했는지 모르겠다. 소설 공모전 최종심까지 올랐다가 떨어지길 세 차례 반복하고 글쓰기를 거의 포기한 시기였으니 돈이나 많이 벌자는 심산이었겠지. 어쩌면 대학교 때 경영학을 전공한 영향도 있었을 텐데. 사실 경영학은 고등학교 3학년 때 담임이 그저 입학 정원이 가장 많다는 이유로—나한테 묻지도 않고—수시 입학 지원서를 써 보낸 학과였다. 그래, 나는 그렇게 대학생이 되었지. 내 의지와는 아무 상관 없이…… 돌이켜보니 참 어처구니없다. 어린 시절부터 성인이 될 때까지 내 삶과 진로에 관하여 주변 사람들뿐 아니라 당사자인 나조차 그토록 무심했다는 것이 말이다. 아무도 진지하게 충고하거나 바로잡아주려 하지 않았다는 것이, 그러니까 내 주변에 믿을 만한 어른이, 성숙한 영혼을 지닌 인간이 전무했다는 것이…… 그리고 이런 생각이 꼬리에 꼬리를 물 때마다 엄마를 원망하지 않을 수 없다는 것이 정말이지 어처구니없다.

내 기억에 엄마는 밥을 먹이고 옷을 입히고 잠을 재우는 일 외에는 아들에게 아무런 관심도 갖지 않았다. 병을 앓거나 몸을 다치는 극히 예외적인 상황을 제외하고는 내가 어떤 기분인지 무슨 고민을 하는지 뭘 좋아하고 싫어하는지 따위를 한 번도 궁금해하지 않았다. 그런 방면으로 특출나게 냉담한 사람이라기보다 자녀와 살을 맞대고 감정을 교류하며 여가 시간을 함께 보내는 일을 전혀 할 줄 몰랐다. 그것은 엄마가 자신의 엄마를 일찍이 여읜 탓일 수도 있고(엄마가 다섯 살 때

외할머니가 돌아가셨다고 했다), 나이 터울이 큰 오빠들 틈에서 외따로 성장한 탓일 수도 있으며, 엄마 말마따나 순전히 먹고살기 바빠서 그랬을 수도 있다. 아니면 그 모든 탓일 수도 있다.

그러고 보니 이런 기억도 있다.

중학교 시절에 내가 웬만큼 공부를 해서—과외는커녕 보습학원에 다닌 적도 없는데—반에서 2등이나 3등 하는 성적표를 가져다주면 엄마는 그것을 뚱한 얼굴로 쳐다보다가 마지못한 투로 잘했네, 고생했어, 정도의 칭찬만 했다(그런 걸 칭찬이라고 할 수 있을까). 한번은 부모 확인란에 서명을 해주며 기껏 한다는 소리가 "설마 너 대학에 가려고?"였다.

"가면 안 되나."

"그러면 돈은 언제 벌어?"

엄마는 혼잣말처럼 중얼거렸다.

"등록금은 또 어쩌고…… 그냥 빨리 기술 같은 걸 배우는 게 낫지 않나."

당시에는 학업을 이어가고 싶어하는 내가 주제넘는다거나 과욕을 부린다는 생각이 들었다. 모종의 자책감마저 느꼈다. 부모의 등골을 빨아먹는 이기적인 새끼. 그런데 이제 와 돌이켜보니…… 좀 어처구니없다. 당시 우리 집안의 경제 상황이 결코 여유롭다고 볼 수는 없었지만 대학 등록금을, 하다못해 첫 학기 등록금조차 내주지 못할 만큼 궁핍하진 않았기 때문이다. 그렇다면 엄마는 어째서 내가 대학교에 진학하기를 바라지 않았던 것일까. 학문을 닦는 일보다 직업 기술을 익히는 편이 정신 건강과 경제활동에 훨씬 이로우리라는 선견지명이 있었기 때문에? 그럴 리가. 추측건대 엄마는 내가 자신과 다른 사람이 되어가는 듯한, 그러니까 자신이 알지 못하는 세계로 나아가려는 듯한 조짐을 느끼고 무의식중에 거부감을 드러냈던 게 아닌가 싶다.

이야기가 잠시 다른 길로 샜는데, 나는 첫 직장인 증권사에서 육 개월 남짓을 근무했다. 급여나 복지 조건이 괜찮은 축이었음에도 오래 다니지 못했던 이유는 여러 가지인데, 퇴사하게 된 결정적 사건은 이렇다.

나는 그 회사에서 성별이 남자라는 이유만으로 퇴근 후 남직원들만 모여서 술 마시는 자리에 참석한 적이 있었다. 참석이라기보다 거의 끌려가다시피 했지. 처음에는 다들 점잖게 식사하고 술잔을 주고받는 분위기였다. 사무실에서 그러하듯 적당히 예의를 차리며 상호 존댓말을 썼지. 그런데 밤이 깊어 술자리가 제법 무르익자 그들은 반말에 은근슬쩍 욕설을 섞

기 시작했다. 성적인 농담도 서슴지 않았다. 그러면서 나를
막 전입신고를 마친 이등병 취급했다. 무람없이 어깨동무하
고, 허벅지를 쓰다듬으며, 잇따라 폭탄주를 말아주었다. 원샷
을 하지 않으면 혀를 끌끌 차면서 핀잔을 놓았고, 귓불을 잡
아당기기도 했다. 데스크의 여직원들 중에서 누가 제일 헤플
것 같으냐는 질문을 던졌고, 답변을 내놓을 때까지 젓가락으
로 테이블을 두들겨댔다. 내가 우물쭈물하자 이거 영 재미없
는 놈이네 하면서 고개를 저었고, 느닷없이 끌어안으며 볼에
뽀뽀하기도 했다. 한마디로 나를 갖고 놀았다. 만취한 나는
속수무책으로 당하기만 하다가 비틀비틀 귀가하는 도중 길바
닥에 먹은 것을 몽땅 게워내고 나서야 정신을 차릴 수 있었
다. 뭔가 씨발 잘못되었다는 생각이 들었지만…… 그때는 뭘
어찌할 방법조차 몰랐다.

　이튿날 나는 점심시간에 같은 부서의 여직원들에게 둘러싸
여 추궁 비슷한 것을 당했다. 도대체 왜 이 회사에는 남직원들
만 모여서 술 마시는 자리가 있는 것인지, 어째서 그런 게 경비
처리가 되는지, 안 봐도 비디오지만 어디 말 좀 해보세요, 어이
신입, 너도 남자잖아, 어제 그 자리에 갔었잖아, 실토하는 것으
로 네가 저쪽 편이 아니라 이쪽 편이라는 것을 입증해봐, 기회
를 줄게, 뭐 그런 뉘앙스의 협박과 회유를 견뎌내야 했다.

당시에 나는 과연 내가 남자가 맞는가 생각했다.

내가 남자야? 물론 여자는 아니지만…… 그렇다고 내가 남자야? 누구에게도 물어볼 수 없었다. 그런 걸 대체 누구한테 묻는단 말인가. 그래, 내가 생물학적으로 남자이긴 하지, 그렇긴 한데, 나는 정말이지 내가 그들과 같은 종속이라 느낀 적이 살면서 단 한순간도 없었다. 그 남직원들 역시 나를 한 차례 겪어본 것만으로 내가 그들과 같은 남자가 아니라는 것쯤은 눈치챘으니까. 그렇기에 나는 두 번 다시 그 술자리에 불려가지 못했는데, 그러거나 말거나 여직원들에게는 좆 달린 사내새끼였을 뿐이므로 나는 이쪽 편도 될 수 없었고 저쪽 편도 될 수 없었다. 온전히 남자가 될 수도 없었고 당연히 여자가 될 수도 없었지. 나는 어디에도 속할 수 없었고, 늘 그러한 상태로 살아왔으며, 살게 될 것이었다. 앞으로도 쭉.

그러고 보니 군복무중에도 비슷한 일을 겪었다.

그런 기억은 잊히지도 않는다.

대학교 1학년을 마치고 입대하여 공군 부대 관리처에서 회계병으로 복무하던 때였다. 그날도 처음으로 부서 회식이 있었다. 병사는 나 혼자였고 부사관이 일곱 명, 장교가 네 명이었던 걸로 기억한다. 그날 우리는 영외 식당에서 1차로 돼지고기를 구워먹었다. 그런데 후식으로 나온 수정과를 들이켜자마자 세 명의 여자 부사관이 가방을 챙기며 일어났다. 늦어서 이만 들어가야겠다며—저녁 여덟시였다—상관들에게 깍듯이 경례를 올려붙였다. 나머지 사람—남자—들은 붙잡는 시늉만 했고, 여자들은 일제히 식당을 빠져나갔다. 당시에 나는 분위기가 좀 이상하다고 느꼈으나 대수롭지 않게 넘겼다. 국방부에 제출할 상반기 결산 자료를 준비하느라 한 달 넘게 시달렸으니 피곤할 만도 하지 싶었고, 내 또래의 여자들이 삼십대가 훌쩍 넘어선 군인 아저씨들과 어울리는 게 재밌을 리도 없겠지 싶었으니까.

그런데 2차로 간 노래방에서 장교며 부사관이며 가릴 것 없이 술에 얼큰하게 취해서는 여자를 불러서 놀자고 아우성을 쳤다. 하나둘 군복을 벗어던지더니 나한테도 옷을 벗고 같이 놀자고 했다. 나는 이게 뭐지, 다들 미쳤나, 라고 기겁하면서도 고작 일병 신분이었기에 분위기에 맞춰 옷을 벗었다. 그들처럼 속옷 차림으로 술을 마시고, 마이크를 쥔 채 발라드를 열창하고, 블루스를 췄다. 그러다가 노래방 주인이 문을 열어젖히며 여자 도우미들을 들여보냈을 때에는 볼일이 급하다는 핑계로 방을 빠져나왔다. 복도 끝 화장실로 뛰어들어가 변기

뚜껑을 내리고 그 위에 걸터앉았다. 오들오들 떨면서 눈앞의 걸쇠를, 그 새끼손가락만한 잠금장치를 두 손으로 꽉 붙들었다. *하느님.* 평소 믿지도 않는 하느님을 찾았던 기억이 난다. *하느님, 제발.* 오랜만의 음주로 눈앞이 어질어질하여 얼마나 그러고 있었는지는 잘 모르겠다. 다행인지 불행인지 그들은 내가 없어졌거나 말거나 신경쓰지 않았다. 한참 후에 방으로 돌아가니 모두 3차를 떠나고 없었다. 나는 난장판이 된 테이블 아래에서 잔뜩 밟혀 구겨진 내 군복을 찾을 수 있었다. 그걸 주섬주섬 걸쳐 입고는 혼자서 부대까지 두 시간 넘게 걸어서 복귀했다.

위병소에서 병장 계급표를 단 헌병이 나를 멈춰 세우며 어떻게 병사가 이 늦은 시간까지 혼자 영외를 돌아다녔느냐고 물었다.

"외출증은 어디 있어? 어떻게 나갔던 거야?"

내가 두서없이 정황을 늘어놓자 그는 알 만하다는 듯 눈살을 찌푸렸다.

"아."

더 들어볼 것도 없는지 횡설수설하는 내 어깨를 소총 끝으로 쿡 찔렀다.

"가."

나는 그대로 위병소를 지나 막사로 향했다. 하늘이 온통 먹구름으로 뒤덮여 있어 달빛조차 보이지 않던 밤이었다. 영내에서는 빛 한 점 찾아볼 수 없었다. 나는 칠흑 같은 어둠 속에서 희미하게 윤곽만 보이는 길을 따라 터벅터벅 걸었다. 군화밑창이 아스팔트 바닥에 질질 끌리던 감각과 진한 풀내음, 습기를 머금은 바람, 철조망 너머에서 이름 모를 풀벌레들이 목청껏 울던 소리가 기억난다.

그때 나는 이게 삶인가 생각했다.
이게 내 삶인가.

고백하자면 나는 대학교 시절에도 이와 비슷한 일을 겪은 적이 있었다. 남자고등학교에 다닐 적에도, 남자중학교에 다닐 적에도 유사한 일을 겪었다. 남자들에게 둘러싸여 남자들에게 위협받고 남자들에게 멸시당한 기억. 한번은 일방적으로 심하게 얻어맞기도 했지. 그럼에도, 어쩌면 그래서인지도 모르지만, 나는 그들 중 몇 명과 섹스하기도 했다.

어떻게 그럴 수 있었을까.

이제 와 생각하면 놀랍기만 하다.

어떻게 그럴 수 있었을까.

당시에 나는 나에게 벌을 주듯이 그들과 섹스했던 것 같다. 섹스가 그들에게도 벌이 되기를 바랐다.

물론 많은 시간이 흘렀기에 왜곡되고 잊힌 부분들도 있을 것이다. 이제는 오롯이 떠올릴 수 없게 된 위협과 멸시들…… 그렇지만 온전히 되살려낼 수 없다고 해서 그 일들이 사라진 것은 아니다. 그것들은 분명 어딘가에 남아 있다. 어떤 식으로든 잔존하여 내 삶에 영향을 끼치고 있다. 나의 일부를 이루고 있다.

적어도 내 생각은 그렇다.

2   망명

몇 해 전부터 엄마는 보청기를 착용하기 시작했다. 잘 들리니까 시원하다고 했다. 아이처럼 환하게 웃는 얼굴로 야, 시원하다, 시원해, 라고 말하는 엄마를 보고 있자니 왜 이제야 맞췄을까 싶었다. 언제였던가. 직장에 다니면서 처음으로 오백만원을 모았을 때 엄마에게 보청기를 해주겠다고 말한 적이 있었다. 그때 엄마는 손사래를 치며 싫다고 했다. 그런 거 끼면 정말로 노인네 된 것 같단 말이야, 아직 그 정도 아니거든, 하면서 거절했다.

"엄마, 내버려두면 점점 더 나빠진대. 말 나온 김에 검사라도 받자니까."

"됐어. 쪼그만 게 뭘 안다고."

그랬던 엄마가 어느 날 나한테 와서 울먹이는 목소리로 하소연했다. 엄마 친구들이 그동안 엄마가 말귀를 잘 못 알아듣는다며 뒤에서 쑥덕거린 이야기를 그중 한 명이 의리를 지킨답시고 이제 와 엄마한테 고해바쳤다는 것이다. 당시에 나는 그 정도밖에 안 되는 인간들이라면 싹 다 의절해버리라고 길길이 뛰었는데, 엄마는 가만 생각해보더니 그 친구들마저 잃으면 같이 놀 사람이 없다며 고개를 내저었다.

"뭐라고?"

나는 기가 막혀서 되물었다.

"그런 사람들이랑 놀고 싶어?"

엄마는 볼을 긁적이며 말했다.

"어쩌겠냐. 친구가 없어. 너도 늙어봐라. 오죽하면 내가 초등학교 동창회 같은 델 나가겠니. 다들 할일 없고 외로워서 그런 거야. 그리고 뭐, 걔들이 유별나게 못돼먹은 줄 알아? 나도 똑같아."

크리스마스를 열흘인가 앞두고 엄마와 나는 약수동에 위치한 청력 검사 전문 이비인후과를 찾아갔다. 그곳에서 엄마는 고막운동도와 자율신경계 등 열한 가지 부문에 관한 검사를 받았다. 이마와 귀 뒤쪽에 센서를 테이프로 붙이자 모니터 화면에 붉은색 선과 푸른색 선이 가로로 쭉 뻗어 나왔다. 두 선은 파동을 그리며 제멋대로 움직이다가 이따금 한데 포개졌다. 드물게, 어쩌다가 한 번씩 보라색 궤적을 남겼다.

엄마의 양쪽 고막에 공기압력을 주입하는 방식으로 신경 반응과 이상 정도를 측정하기도 했다. 엄마는 검사 내내 조금은 긴장한 듯했지만 대체로 신기하고 재미있다는 표정을 지었다. 결과가 나오자 차트를 훑어보던 의사는 경증 장애라고 소견을 밝혔다.

"그래도 의사소통을 웬만큼 하시는 편이네요."

의사는 진갈색으로 염색한 머리를 뒤로 당겨 묶은, 삼십대 후반으로 보이는 여자였다.

"검사 수치만 보면 대화의 절반은 알아듣기 어려우실 것 같은데요. 그동안 일상생활에서 힘든 점은 없으셨어요?"

"분위기를 봤죠, 뭐."

엄마는 대수롭지 않다는 듯 덧붙였다.

"말할 때 표정이나 입술 모양도 보고. 자주 만나는 사람들이야 무슨 이야기를 할지 대충 감이 오니까."

"대단하시네요."

엄마가 오 년 넘게 그런 식으로 지내왔다는 사실을 나는 그날 처음 알았다. 그저 대화중에 단어를 한두 개 놓치는 정도

일 거라 여겼는데…… 그제야 엄마가 깜박 잊어버렸다며 거듭 물어서 일러줬던 이야기를 하고 또 하며 짜증을 부렸던 기억이 났다. 큰 소리로 몇 번이나 불러도 돌아보질 않아서 쫓아가 어깨를 치며 화낸 적도 있었는데…… 나는 엄마가 적당히 넘겨짚기 어려운 상황이나 낯선 이들 틈에서 홀로 당황해하고 전전긍긍했을 순간들을 머릿속에 그려보았다. 가만히 서서 사람들 눈치를 이리저리 살피는 모습을, 결국 실수하고 겸연쩍게 웃으며 자기 손만 주무르는 모습을.

나는 진료실을 나오면서 엄마가 이 일로 마음을 다치기라도 했을까봐 내심 조마조마했다. 그래서 복도 의자에 앉자마자 조심스레 괜찮으냐고 물었는데, 엄마는 그럼 이제부터 연금을 받게 되는 것이냐고 했다.

"웬 연금?"

"아니, 내가 너 대학원까지 보내느라 국민연금이며 보험이며 전부 해지한 게 아직도 한으로 남아 있어서 그래. 이제 곧 환갑인데, 나 늙어서 돈 못 벌면 어떻게 할 거야. 네가 나 책임질 거야?"

무슨 맥락인가 싶었지만 나는 엄마의 물음에 선뜻 그러겠다고 대답하지 못했다. 우선 자신이 없었고, 그때껏 누군가를 책임지겠다는 말을 한 번도 해본 적이 없었으니까. 내가 그런 사람이 될 수 있으리라고 상상해본 적도 없었으니까.

상담실에서 만난 청능사는 보청기의 종류와 가격, 사용법 등을 상세하게 알려주었다. 처음에 그는 엄마에게 설명을 늘어놓으면서 동석한 나를 예의상 슬쩍 쳐다보곤 했는데, 어느 시점부터 엄마가 아닌 나를 향해 말하는 내용이 훨씬 많아졌다. 진료와 상담이 길어지면서 지친 엄마가 그러잖아도 파악하기 어려운 청능사의 말을 점점 건성으로 흘리며 마치 부탁한다는 듯이 내 쪽을 힐끔거린 탓이었다.

나는 두 여자의 시선을 동시에 받으며—태연한 척 미소를 짓기도 하며—가슴이 조금씩 답답해지는 것을 느꼈다. 내가 이제 엄마의 보호자인 건가. 이렇게 불편하고 난처한 기분을 느껴도 되는 건가. 엄마도 나를 기르는 내내 이러한 심정이었을까. 그래서 툭하면 쌀쌀맞게 굴었던 것일까. 열이 뻗칠 때마다 쥐어박기나 하고…… 청능사는 보장구 구입에 따른 국가 지원금을 받는 절차도 소개해주었다. 주민센터에서 장애인 복지카드를 발급받아오면 건강보험공단에 제출할 나머지 서류를 준비해주겠다고 했다.

나는 상담실을 나오면서 엄마가 경증이든 뭐든 장애 판정을 받은 걸로 모자라 지원금 때문에 그 사실을 여기저기에 증명하고 다녀야 한다는 게 마음에 걸렸다. 그런 과정에서 으레

접하기 마련인 사려 깊지 못한 태도나 무신경한 요구들이 우려스러워서였다. 그래서 나는 엄마에게 내키지 않으면 안 해도 돼, 지원금 같은 거 없어도 괜찮아, 내가 모아둔 돈 있어, 라고 호기롭게 말했다. 그러자 엄마는 잠시 생각해보더니 그럼 그거 나 줄 거야? 라고 물었다.

"보청기는 네 돈으로 사면 되고, 지원금 받으면 나 줄 거야? 안 그래도 봐둔 백이 하나 있는데."

"뭐?"

나는 귀를 의심하며 되물었다.

"백?"

"응, 얼마 전에 현수 엄마가 메고 온 거 봤는데 예쁘더라."

순간 오만 정이 다 떨어졌으나 엄마가 이런 사람이어서 다행이라는 생각도 들었다. 엄마가 나 같은 사람이 아니어서 정말 다행이라고. 어쩜 이렇게 불행을 훌훌 털어버릴 수 있는 것일까. 어떻게 이런 와중에도 두 눈을 반짝이며 신상 백을 검색해서 아들한테 보여줄 수 있는 것일까.

"어때? 나한테 어울릴 것 같아?"

"으응."

나는 떨떠름하게 대구했다.

"제대로 좀 봐봐. 색상이 세 가지인데 검은색이랑 갈색 중에서 고민이야. 여기랑 여기, 버튼의 디테일이 다르기도 해."

그날 나는 병원을 나서는 길에 하늘을 올려다보며 감사합니다, 라고 생각했다. 감사합니다.

○

엄마는 스무 살에 아버지를 만나 결혼식을 올렸다. 오빠들의 성화로 떠밀리듯 치른 중매결혼이었으나 딱히 불만은 없었다고 한다. 그해 가을 엄마는 아버지를 따라 상경하여 창신동 옥탑방에서 신접살림을 꾸렸다. 이층 양옥집 옥상에 불법으로 증축한, 시멘트와 슬레이트로 얼기설기 지은 오두막 같은 곳이었다.

그 안이 어땠더라.

군데군데 녹이 슨 철제 현관문을 밀면 신발을 신은 채 들어가야 하는 좁고 긴 부엌이 나왔다. 벽에는 페인트칠은커녕 타일조차 붙어 있지 않았고, 조명이라곤 덮개도 없이 덩그러니 매달린 백열전구 하나가 전부였다. 싱크대 측면에 붉은색 벽돌을 쌓아 만든 계단을 두어 개 오르면—여기에 신발을 벗어두었다—손잡이가 빠져 주먹만한 구멍이 뚫린 나무문이 보였다. 그 구멍에 손가락을 끼워 잡아당기면 방 하나에 작은 욕실이 딸린 공간이 나타났다. 그래, 그곳에서 나는 유년 시절의 대부분을 보냈다.

엄마는 낮에 인근 미싱사를 다니며 재봉 기술을 익혔고 저녁에는 아버지를 위해 밥 짓고 빨래하고 집안 청소까지 도맡아 했다. 스물둘에 자연분만으로 형을 출산했고, 스물여섯에 제왕절개수술로 나를 낳았다. 엄마는 나를 가졌을 때 유독 입덧이 심하여 혹시 딸인가, 딸이어야 돼, 딸, 딸, 딸, 하고 밤마다 아버지 몰래 소원을 빌었다.

"그래서였는지 아들이더라."

엄마는 내 울음소리를 듣고 달려와 기저귀를 갈 때마다 한숨이 절로 나왔다고 했다. 이듬해 나는 돌잡이로 실을 쥐었고, 아버지와 형은 유치원에서 하원하는 길에 교통사고를 당했다. 졸음운전을 하던 화물 트럭이 보행 신호를 무시하고 횡단보도 위를 덮쳤던 것이다. 그 사고로 아버지는 한 달 넘게 중환자실에 누워 있다가 유명을 달리했다. 형은 골반을 다쳐서 왼쪽 다리를 살짝 절게 되었다.

지금 내 나이는 서른일곱이다.

언제 이렇게 시간이 흘렀는지 모르겠다.

엄마가 서른일곱 살이었을 때, 나는 초등학교 5학년이었다. 그즈음 우리는 널찍한 거실에 방이 두 개 딸린 반지하 전셋집으로 이사했다. 한낮에도 햇빛이 거의 들지 않아 어둑어둑하고, 장마철이면 천장 모퉁이마다 검푸른색 곰팡이가 슬던 곳이었다. 탈취제를 잔뜩 뿌려도 옷과 가방에서는 쿰쿰한 냄새가 사라지질 않았지. 그럼에도 창피한 줄 몰랐다. 돌이켜보면 아는 것보다 모르는 게 많아서 무서운 것도 그다지 없던 시절이었다.

그해 여름, 나는 같은 반 남자아이를 끌어안고 처음으로 발기했다. 이게 무슨 일이지? 나는 당황하여 귀가 빨개진 채 집으로 돌아왔다. 부엌에서 냉수를 벌컥벌컥 마신 뒤 거실 바닥에 앉아 세탁물을 개키던 엄마 옆으로 다가갔다.

"있잖아, 엄마. 나 좀 이상한 것 같아."

엄마는 나를 쳐다보지도 않은 채 대꾸했다.

"너 원래 이상해."

"그런 게 아니라, 같은 반에 준호 말이야. 오늘 학교 수업 마치고 걔네 집에 놀러갔거든."

"거기는 왜 갔어."

"아, 전에 말했잖아. 준호네 부모님이 홍콩인가 어디 여행 가셨다고. 그래서 같이 토스트 구워먹고 플레이스테이션 하

기로 했거든. 그런데 막상 준호네 집에 도착하니까 다 귀찮아
서 안방 침대에 누워 텔레비전만 봤어. 드라마를 보는데 갑자
기 키스 신이 나오더라. 그래서 준호랑 나랑 장난으로 밀고
당기고 안았는데……"

"그랬는데?"

"심장이 막 뛰었어."

엄마는 내 이야기를 듣는 둥 마는 둥 했다. 마른 수건을 접
어 한쪽에 차곡차곡 쌓아올린 뒤에는 양말과 속옷을 개기 시
작했다.

"여기가 불덩이처럼 뜨거워졌다고."

나는 한 손으로 가슴께를 문지르며 말했다.

"그래서 뭐, 어디 아파?"

"아니, 그런 건 아닌데……"

나는 말끝을 흐리며 엄마를 바라보았다. 그동안 몇 번이나
삼켰던 말을 내뱉었다.

"내가 준호를 좋아하나봐."

엄마는 상체를 숙이면서 양팔을 길게 뻗었다. 멀리 떨어져
있던 속옷들을 끌어당기며 몸을 일으켰다.

"그럴 수 있지. 친구끼리 사이좋게 지내."

"그냥 친구가 아니라……"

나는 엄마가 반으로 접고 또 접은 다음에 거의 동그랗게 말다시피 한 흰색 삼각팬티를 바라보며 중얼거렸다.

"진짜로 좋아하는데."

"뭐라고?"

"지금도 가슴이 쿵쿵 뛰어. 자꾸만 생각나고, 만지고 싶고."

그제야 엄마는 하던 일을 멈추고 나를 쳐다보았다.

"자꾸만 생각난다고?"

"어."

"만지고 싶고?"

"응."

"아…… 그래."

엄마는 다시 세탁물을 정리했다.

"그럴 수 있어. 엄마도 어릴 때 친구한테 잠깐 그런 적 있거든. 그런데 그거, 아무것도 아니야. 금세 지나가니까 신경 쓰지 마."

그 말에 나는 기분이 상했다.

"뭐가 아무것도 아니야. 이렇게 분명한데."

"아무것도 아니라고."

"아닌데, 나 준호랑 같이 있는 내내……"

나는 빨래를 개는 엄마의 손길이 점점 빨라지는 것을 보왔다.

"꼴렸는데."

그때 엄마는 접던 속옷을 놓고 일어나 내 손목을 낚아챘다. 내가 따라서 일어나려 하지 않자 엉덩이가 질질 끌리도록 두 손으로 잡아당겼다. 그대로 방문 앞까지 갔고 나를 안쪽에 내 팽개쳤다. 그리고 문을 쾅 닫았다. 나는 불도 켜지 않은 방안 에서, 서늘한 기운이 맴도는 바닥에서 한동안 엎어져 있었다. 무슨 생각을 하며 그러고 있었는지 기억나는 것은 없다. 엄마 에게 붙잡혔던 손목이 오래도록 저릿했다는 감각 외에는. 그 날 이후로 내가 다시금 엄마에게 남자를 좋아한다고, 남자만 좋아한다고 고백한 것은 서른네 살 때의 일이다. 그러니까 엄 마가 던져 넣은 방안에서 스스로 무릎을 털고 일어나 문을 열 고 밖으로 걸어나오기까지, 다시 한번 엄마에게 내 마음을 꺼 내놓기까지 이십 년이 넘게 걸린 셈이다.

엄마가 나를 방에 던져 넣은 일로 상처받았느냐고 묻는다 면 글쎄, 잘 모르겠다. 살면서 그보다 더한 상황도 여럿 겪었 으니까. 그 일로 엄마를 미워하게 되었느냐고 묻는다면 글쎄, 비단 그것이 아니더라도 엄마를 미워할 만한 사건은 수두룩 했으니까. 다만 그 일로 인해 내가 조금이라도 변해버렸다면, 원래의 형태에서 살짝 휘어져버렸다면, 그런 나로 인해 엄마

역시 조금은 휠 수밖에 없었으리라 생각한다. 그렇게 우리는 조금씩 어긋나면서, 위태로워지면서, 부러지기 직전의 상태로 용케 서로를 견뎌왔는지도 모르겠다고 말이다.

○

두번째 연애였던가.

사귀던 남자를 하염없이 기다린 적이 있었다. 이 년 남짓 어울린 사이였는데, 우리는 만날 때마다 섹스를 했다. 둘 다 이십대 중반이었고, 서로 손가락만 스쳐도 몸이 달아올랐으니까. 이제 와 생각하면 그때의 나는 섹스 외에 사랑하는 방법을—혹은 내가 살아 있음을 확인하는 방법을—몰랐던 것 같다.

그날도 나는 대학교 도서관에서 아르바이트를 마치자마자 한강진역으로 향했다. 블루스퀘어에 입점한 북파크 내 카페 필로스에서 그를 기다렸다. 공연장 안의 서점 안의 카페라는 점이 마음에 들었던 걸로 기억한다. 그곳에 있으면 몇 겹의 장막 안으로 은밀하게 몸을 숨긴 듯한 기분이었으니까. 보통 나는 그곳에 오후 여섯시쯤 도착했고, 그의 퇴근 시간은 일곱시 반이었다. 평일 저녁에 그를 만나기 위해서는 두 시간 정도를 기다려야 했는데, 나는 언제나 기꺼운 마음으로 그 시간을 보냈다.

창가 자리에 앉아 따뜻한 밀크티를 홀짝이며 밀란 쿤데라의 『삶은 다른 곳에』를 읽었던 기억이 난다. 어째서 인물들이 이런 식으로 행동하는지 이해할 수 없어 머리가 지끈거릴 즈음 고개를 들어보니 창 너머로 시커멓게 물든 하늘이 눈에 들어왔다. 테라스 화분의 이파리들이 작게 몸을 떨고 있었다. 어느새 여덟시 반이었고, 나는 휴대전화로 그에게 메시지를 보냈다.

—어디야.

식어버린 찻잔을 내려다보며 십이 분을 더 기다렸다.

—뭐해.

—아직도 회사야?

칠 분을 더 기다렸다.

—무슨 일 있는 거 아니지?

그때 붉은색 앞치마를 두른 점원이 조심스레 다가와 곧 영업이 종료될 예정이라고 알려주었다. 나는 가방을 챙기고 일어서며 통화 버튼을 눌렀다. 휴대전화가 꺼져 있다는 음성 안내가 흘러나왔다. 순간 내 머릿속에 교통사고의 한 장면이 스쳐지나갔다. 거대한 화물 트럭이 횡단보도를 건너는 그를 덮치는…… 나는 만약에 그가 약속 장소로 오는 길에 사고를 당했다면, 의식불명 상태로 구급차에 실려가는 중이라면, 그러한 정황을 내게 알려줄 수 있는 사람이 아무도 없다는 사실을 깨달았다.

당시에 그는 분당에서 부모님과 함께 살고 있었고, 나는 동화동에서 엄마와 함께 살고 있었다. 나는 그의 집에 한 번도 가본 적이 없었고, 그래서 분당이 어디에 붙어 있는지도 몰랐으며, 그 역시 내 집에는 와본 적이 없었다. 나는 그의 부모님이나 형제의 연락처는커녕 얼굴이나 이름조차 알지 못했고, 그 역시 내 엄마에 대해서는 몇 가지 에피소드—주로 내가 격분한 상태로 쏟아냈던 푸념들—외에 아는 바가 전무했다. 우리는 서로를 친구나 직장 동료에게 소개한 적이 없었고, 딱히 그러기를 바라지도 않았다. 그것은 우리 같은 사람에게 지극히 자연스러운 일이었지. 거의 매너에 가까웠다. 그러므로 우리의 이별은 간단했다. 구질구질한 대화를 나누거나 다툼을 벌일 것도 없이 휴대전화만 꺼놓으면 그만이었다. 전원 버튼을 꾹 누른 채 삼 초만 기다리면 되었다. 삼 초. 실로 간단한 일이었다.

내 기억이 맞는다면, 그렇게 헤어지고 반년이 넘도록 나는 그에게서 연락이 오기를 기다렸다. 올 수도 있으니까. 하다못해 술김에 불러내는 섹스 파트너 역할이라도 마다하지 않을 심산이었다. 그렇게라도 한번 더 그를 보고 싶었지. 하지만 메시지 한 통 오지 않았다. 끝내 참지 못하고 그에게 다시 전화를 걸었던 밤, 나는 '지금 거신 번호는 없는 번호……'라는 음성 안내를 들어야 했다.

　그리고 세번째 연애.

　그와는 헤어지고 이 년쯤 지나서 다시 만난 적이 있다. 우연에 불과했지만 내게도 그런 일이 벌어지긴 했다.

　데이팅 앱에서 이벤트로 일주일에 한 번, 분홍색 하트 모양의 버튼을 누르면 무작위로 커플 매칭을 해주던 시기가 있었다. 무작위라고는 하지만 그동안 내가 클릭해서 본 프로필이나 채팅을 나누었던 상대에 관한 정보를 기반으로 한 알고리즘을 통해 가급적 커플 성사 확률이 높은 이와 매칭이 이루어지는 식이었다.

　그때 그와 연결되었다. 뭐야, 하고 무시하려 했으나 그가 먼저 메시지를 보내왔다.

　―오랜만이네. 잘 지내?

　그러자 마음이 흔들렸고, 우리는 마치 얼마 전까지도 연락을 했던 사람들처럼 근황을 나누었다. 이후로도 몇 차례 더 메시지를 주고받았고, 기어이 을지로입구역 근처에서 재회하기에 이르렀다.

그는 헤어스타일이 짧게 변하고 얼굴에 살이 좀 붙었다는 것 외에는 달라진 점이 없어 보였는데, 나는 그 점이 왠지 좋으면서도 싫었다. 싫으면서도 좋았다고 해야 할까.

"그동안 몇 번 연락했는데, 답장이 없더라고."

손님들로 북적이는 호프집에서 맥주잔을 반쯤 비웠을 때 그가 말을 꺼냈다.

"그래? 몰랐어."

나는 정말로 몰랐기에 그렇게만 답했다.

"내 번호를 지운 거야?"

"글쎄."

나는 휴대전화를 집어들었다가 아, 하면서 덧붙였다.

"차단되어 있네."

"나를 차단했어?"

"어, 그랬네. 왜 그랬지."

나는 정말로 그를 차단한 기억이 없었기에 그렇게만 답했다.

이후로 우리는 주말마다 만남을 가졌는데, 두번째 만남부터 그는 나에게 섹스를 요구했다. 섹스하자, 라고 대놓고 말한 적은 없었으나 틈만 나면 내 어깨에 팔을 두르고, 옆구리를 간지럽히고, 엉덩이를 만지는—그러다가 꽉 움켜쥐는—식으로 신호를 주었다. 나는 그때마다 우리 사이에 발생하는 야릇한 긴장감을 즐겼다. 수없이 섹스했던 상대와 오랜만에 다시 만나서 섹스할지 말지 줄다리기를 하는 상황이—난생 처음 느껴보는 기시감과 미시감의 뒤얽힘이—뭐라 말할 수 없이 즐거우면서도 불쾌했다. 불쾌하면서도 즐거웠다고 해야 할까. 두번째와 세번째 만남에서는 그의 요구를 적당히 넘길 수 있었는데, 네번째 만났을 때에는 그가 너무나 노골적으로 섹스를 원해서 빠져나갈 길이 없어 보였다. 이번에도 섹스를 해주지 않으면 다시는 그를 만나지 못하리라는 예감이 들 정도였다.

그래, 그 예감.

나는 그런 예감이 들 때마다 어지간하면 섹스를 해주는 편이었다. 애인뿐만 아니라 섹스 파트너로 가끔 만나던 남자들에게도 그랬지. 한번은 내가 왜 이럴까 생각해본 적이 있었는데, 기억의 갈피에서 불쑥 어떤 목소리가 들려오는 듯했다. 군복무중 귀에 못이 박히도록 들었던, 선임들이 우스갯소리처럼 지껄이던 말이었다. 그것이 떠오른 순간, 조금 과장되었을 수는 있겠지만, 그동안 그 말이 나한테 일종의 암시처럼 작용하고 있었던 게 아닐까 싶었다.

착한 년이 잘 주는 게 아니라 잘 주는 년이 착한 거지.

그래서였을까. 나는 이번에도 섹스를 하지 않았는데 그가 나를 한번 더 만나려고 하면 그때, 바로 그때 섹스를 하겠다고 생각했다. 그래야 나와 사귀는 중에 몰래 바람을 피웠던, 이별의 결정적 원인을 제공했던 그를 용서할 수 있을 것 같았으니까.

그런데 내 예감이 맞았다.

그는 네번째 만남에서도 섹스를 하지 못하자 나에게 더이상 연락을 하지 않았다. 그날 밤 그가 집으로 돌아가기 직전에─모텔 근처를 지나다가 거기에 들어가자고 몇 번이나 매달린 후에─나지막이 읊조린 말을 잊을 수 없다.

"걸레 같은 게…… 존나 비싸게 구네."

며칠 후 내가 안부를 묻는 메시지를 보냈을 때, 보고 싶은 영화가 생겼다며 운을 띄웠을 때, 그는 건성으로 응할 뿐 만남에는 회의적으로 굴었다. 다시는 먼저 연락을 해오지 않았다. 그 사실이, 내 예감이 적중했다는 것이 나는 참을 수 없이 서글프면서도 우스웠다. 우스우면서도 서글펐다고 해야 할까. 그러자 그와 마지막으로 섹스나 하고 헤어질걸, 하는 아쉬움이 들었다. 그래, 적어도 그는 제 욕구에 솔직하기라도 했지. 나는 무엇을 바랐던 걸까. 사랑? 용서? 정말로 그런 걸 원했던 것일까. 그게 나한테 가능한 일이긴 한 걸까.

○

얼마 전에는 넷플릭스로 다큐멘터리를 보았다. 꽤 놀라운 내용이었는데, 2015년에서 2016년 사이에 실제로 벌어진 사건을 다룬 것이라 했다.

스웨덴에 망명 신청을 한 난민들 중에서 백육십구 명의 아이가 어느 날 깊은 잠에 빠져든 뒤 다시는 깨어나지 못했다. 병원에서 정밀 검사를 했으나 뇌파, 혈압, 혈액 등 모든 항목에서 이상 소견은 발견되지 않았다. 결국 심인성 장애로 판정되었고 '체념 증후군'이라는 병명이 공식화되었다. 좀처럼 나아질 기미가 보이지 않는 현실—망명에 실패해 본국으로 돌아가면 일가족 모두 처형될 것이 불 보듯 훤한데 받아주는 나라가 없는 암담한 상황—속에서 기대와 실망을 거듭하던 아이들이 끝내 자발적 혼수상태에 빠진 것이라 했다.

망명. 그제야 나는 그 단어의 한자를 유심히 들여다보았다. 亡命. 망할 망, 목숨 명. 그러니까 망한 목숨.

나는 그 다큐멘터리 이야기에 이상할 정도로 마음이 동하여 비슷한 사례가 또 있는지 인터넷을 검색해보았다. 몇 번의 클릭만으로 2018년에 국경없는의사회가 발표한 보고서「끝이 보이지 않는 절망」을 발견했다. 이 역시 배를 타고 오스트레일리아로 망명하려던 수백 명의 난민 이야기를 다루고 있었다. 이들은 역외 심사 정책에 의해 입국은커녕 곧장 태평양의 나우루섬으로 강제 이송되었다. 그곳에서 오 년 넘게 심사 결과를 기다리다가—허름한 오두막에 방치되어 최소한의 생필품만으로 지내다가—하나둘 정신질환을 앓기 시작했다. 치료 대상자 이백팔 명 가운데 열두 명이 반혼수 상태에 빠지며 체념 증후군 진단을 받았다.

나는 거기까지 읽고 나서야 한때 내가 과도한 수면에 빠졌던 것이 기억났다. 그 시기의 장면들이 하나둘 의식의 표면 위로 떠올랐고, 그동안 어떻게 그 일을 망각하고 지냈는지, 어쩜 그럴 수 있었는지 놀랍기만 했다.

당시에 나는 금요일이면 퇴근하고 집으로 돌아와 저녁 열 시쯤 잠자리에 들었다. 눈꺼풀이 무겁고 기운이 없어 도저히 아무것도 할 수가 없었다. 그렇게 쓰러지듯 잠들면 화장실에 가기 위해 중간에 깨어나는 일도 없이 일요일 오후 늦게까지 일어나지 못했다. 얼추 사십 시간을 수면 상태로 보낸 것이다. 나는 비몽사몽 깨어나서도 소량의 식사만 한 뒤 다시 곯아떨어졌고 월요일 아침이 되어서야 간신히 정신을 차렸다. 그런 식으로 반년 가까이 지냈다.

처음에 엄마는 걱정스러워하며 잠든 나를 흔들어 깨웠다. 그렇지만 일어났다가도 이내 쓰러져 자는 나를 보며, 상당히 긴 시간 취침한다는 것 외엔 딱히 건강상의 문제나 이상 증세랄 게 없는 아들을 보며 어느 순간부터는 내 방에 얼씬도 하지 않았다. 오히려 수면에 방해가 될까봐 주말에는 진공청소기나 믹서조차 돌리지 않았고, 거실에서 텔레비전을 볼 때에는 볼륨을 한껏 낮추었다. 그러고 보면 엄마의 이런 대응 방식은 참 한결같다고 여겨진다. 자신이 도무지 이해할 수 없는 상황이 벌어지면―예컨대 아들의 커밍아웃 같은 일 말이다―그것을 어떻게든 해결하려 들기보다 눈에 띄지 않는 구석에 처박아놓고 방기하는 것 말이다.

물론 이제는 안다. 엄마가 왜 그런 식으로 대응했는지를……이해한다기보다 그냥 안다.

생각해보면 그동안 엄마의 삶이란―타지에서 홀몸으로 두 아들을 기르는, 고등학교 중퇴 학력을 지닌 가난한 여성의 삶이란―감히 내가 상상할 수 없을 정도로 고난의 연속이었을 것이다. 하루는 무슨 대화를 나누던 중 엄마가 지나는 말로 이야기한 적이 있었다. 자신은 결혼하고 애 낳고 마흔 가까이 될 때까지, 그러니까 두 아들놈이 제 앞가림을 어느 정도 하게 될 때까지 자신이 뭘 어쩌고 살았는지 기억나는 게 거의 없다고 말이다. 새벽같이 미싱사에 출근하여 수십 대의 재봉틀이 드르르 돌아가는 소리에 혼이 쏙 빠지도록 일하고, 해가 저물 즈음 귀가해 밥 차리고 청소하고 빨래한 기억밖에 없다고 했다. 그러곤 밤 열시를 넘기기도 전에 기절하듯 잠들었다고 했지. 다음날에도, 그다음날에도 엄마의 하루는 수레바퀴처럼 돌아갔을 것이다.

그 시절 엄마는 매일같이 밀려드는 일거리와 집안 살림을 돌보며 자식들을 키우느라 주변을 세심히 관찰하거나 삶을 되돌아볼 겨를 없이, 말 그대로 쉴새없이 몸을 놀려야만 했다. 그러한 삶의 방식이 굳어져 나름 먹고살 만해진 뒤에도 생계를 유지하거나 가족의 건강을 챙기는 일 외에는 딱히 관심을 기울이지 않게 되었다. 일상의 수레바퀴를 멈추게 할 만큼 심각한 사건이 벌어지지 않고서야 어지간한 문제들은 늘 후순위로 미뤄두거나—그렇게 영원히 미뤄두거나—간과해버렸다. 그러니 엄마가 골치 아픈 일이라면 뭐든 방구석에 처박아두고 나 몰라라 하게 된 것이 순전히 엄마의 잘못이라 할 수는 없었다. 양육 과정에서 두 아들을 정서적으로 방임하다시피―가끔은 박해하다시피―해온 것이 전부 엄마의 잘못이라 할 수는 없었다. 그래, 나도 알지. 아마 형도 알고 있을 것이다. 그럼에도 우리가 엄마를 용서할 수는 없는 것 같다. 이제는 우리 안의 상처들이 오롯이 엄마의 잘못으로 생긴 게 아님을 알 만큼 충분히 나이를 먹었지만, 그래서 엄마를 안쓰럽게 여기는 순간들도 더러 있지만, 그럼에도 엄마를 용서할 수는 없는 것. 어떤 원망은 많은 시간이 흐른 뒤 그것을 분석하거나 누군가에게 털어놓을 수는 있어도 결코 해소할 수는 없는 것 같다.

하던 이야기로 돌아오자면, 나는 영문도 모른 채 주말마다 과수면에 빠지는 식으로 한동안을 보냈다. 평일에는 여느 회사원과 마찬가지로 지내다가 주말에는 대부분의 시간을 의식불명 상태로 흘려보냈다. 어떻게 그럴 수 있었을까. 생각해보면 그즈음 내 삶에는 의욕도 미래도 전무했던 것 같다. 네번째 연애마저 비참하게 끝난 뒤였고, 다시 시작한 글쓰기에서도 좀체 돌파구를 찾을 수 없었으니까. 그때 나는 바라는 게 아무것도 없었다. 바라봤자 아무 소용 없는 듯했으니까. 그러니 주말마다 정신을 놓아버린 게 아니었을까 싶다. 마치 체념 증후군에 걸린 것처럼, 일종의 빈사 상태로만 생을 견뎌낼 수 있었던 게 아닌가 싶다.

이듬해 봄, 이러한 정황을 알게 된 직장 상사가 내 손을 잡아끌며 자신이 다니는 신경정신과에 데려다주지 않았더라면, 상담을 받고 지금껏 항우울제를 복용하지 않았더라면, 어쩌면 나는 여전히 과수면 상태로 살고 있었을지도 모르겠다.

○

정신질환, 하니까 생각나는 다른 일화가 있다. 이것은 그리 오래된 일이 아니다.

어느 날 퇴근하고 집으로 돌아왔을 때였다. 거실 소파에 앉아 텔레비전을 보는데 엄마가 현관문을 열고 들어왔다. 야, 야, 하면서 나를 부르더니 대뜸 집 앞 골목에서 형을 봤다고 했다. 나는 그게 무슨 말인가 싶었다.

"형을 봤다고?"

"그래, 네 형 말이야."

엄마는 두르고 있던 붉은색 목도리를 풀어헤치며 말을 이었다.

"방금 집 앞에 있더라고. 덩치랑 옷 스타일이 딱 네 형이더

라. 그 뭐니, 예전에 입고 왔던 검은색 나이키 점퍼랑 청바지, 그 차림이더라니까. 그래서 내가 여기는 어쩐 일이냐고, 무슨 일로 왔느냐고 물어보려 다가갔는데, 이놈이 눈치를 챘는지 등 돌려 홱 가버리는 거야. 왼쪽 다리를 절룩이는 것도 딱 네 형이었어. 그런데 옆 상가 건물로 들어가서는 나오지를 않아. 황당해서 쫓아갈까, 전화해서 따질까 하다가 일단 집으로 왔어. 나 참, 이게 뭐하는 짓이니. 그러니까 네가 형한테 전화 좀 해봐."

나는 눈만 끔벅이며 듣다가 입을 열었다.

"형한테?"

"응, 네 형한테."

"지금 전화를 하라고?"

"그래, 전화하라고."

나는 엄마에게 제대로 본 것이 맞느냐고 물었다.

"다른 사람이랑 헷갈린 거 아니야? 이 시간에 형이 여기를 왜 와."

엄마는 기가 찬다는 듯 헛웃음을 지었다.

"뭐래, 내가 배 아파서 낳은 자식도 못 알아볼까봐?"

그러더니 내 휴대전화를 찾아 들고 와 면전에 들이밀었다.

"빨리 전화해. 밖에 추우니까 일단 집에 들어와서 이야기하자고 해. 보나마나지. 이 새끼 또 무슨 사고 쳤을 거야."

나는 이 아줌마가 노망이 났나 싶었다. 예전부터 엄마는 명절 선물로 들어온 식용유 세트나 동네 이웃이 나눠준 채소 같은 것이 없어질 때마다 형이 집에 다녀간 거라고 했다. 집이 비었을 때 형이 몰래 들어와서는—도어록 비밀번호를 알고 있으니까—세간살이를 이리저리 뒤져보고 저 필요한 물건들을 슬쩍 챙겨갔다고 말이다.

그때마다 나는 엄마의 이야기를 한 귀로 듣고 다른 귀로 흘려버렸다. 내가 아는 형은 그럴 만한 성격도 아닐뿐더러, 상식적으로 카놀라유나 상추를 좀 훔치려고 자동차로 왕복 두 시간 거리를 다녀갈 사람은 없을 테니까. 나는 엄마가 그것들을 전부 써버린 뒤—혹은 누군가에게 줘버린 뒤—그랬다는 사실 자체를 잊어버린 것이라 여겼다. 그래, 한두 번 겪는 일도 아니었지. 그러므로 나는 엄마가 집 앞에서 형을 목격했다는 이야기에서도 좀처럼 신빙성을 느낄 수 없었다.

하지만 이렇게까지 막무가내로 날뛴 적은 처음이었다.

"전화 걸라니까."

"빨리, 빨리 해보라고."

성화에 못 이겨 나는 텔레비전을 끈 뒤 휴대전화의 통화 버튼을 눌렀다. 귓가에 울려퍼지는 송신음을 들으며 부디 형이

전화를 받지 않길 바랐다. 그런데 곧 휴대전화 너머에서 익숙한 목소리가 들려왔다.

"왜."

형은 심상한 어조로 물었다.

"뭔데?"

나는 통화 방식을 스피커폰으로 바꾼 뒤 옆에 있는 엄마와 눈빛을 주고받으며 물었다.

"형, 지금 어디야?"

"운전중인데."

형은 잠시간 말이 없더니—핸들을 돌리고 있는 듯했다—덧붙였다.

"조금 전에 퇴근했어."

"그러면 정확히 어디야? 강변북로쯤인가."

"어, 맞아."

나는 형의 목소리에서 다소 의아해하는 기색을 느낄 수 있었다. 평소 연락이란 걸 전혀 하지 않는 동생이 난데없이 전화를 걸어온 것도, 정확히 어디에 있느냐며 캐묻는 것도 예사로운 상황은 아니었으니까.

"뭐야, 집에 무슨 일 있어?"

그래서 형이 짐짓 걱정스러운 투로 물었을 때, 나는 엄마의 눈빛에 미세한 동요가 이는 것을 보았다. 반가움인지 꺼림칙함인지 모를 감정이 스쳐지나간 듯했다. 그쯤에서 나는 솔직하게 털어놓았다.

"엄마가 형을 봤대."

"나를?"

"응, 방금 집 앞에서. 알은체하려고 다가가니까 형이 도망치더래."

"내가?"

"어."

"도망을 쳤다고?"

"응."

한동안 형은 말이 없었다. 그래, 얼마나 황당할까. 이야기를 전하는 나도 어처구니가 없는데. 그즈음 휴대전화 너머에서 승용차들이 앞다퉈 클랙슨을 울리는 소리가 들려왔다. 나는 이럴 줄 알았다는 눈빛으로 엄마를 흘겨보았다. 그러자 엄마는 상체를 비스듬히 숙이며 내 귓가에 대고 속삭였다. *네 형 말 믿지 마. 지금 거짓말하는 거야. 내가 분명히 봤다니까.* 그 확신에 찬 어조에 일순 몸서리가 쳐졌다.

"헛소리할 거면 끊어."

형은 돌연 지긋지긋하다는 투로 말했다.

"이게 뭐하는 짓이야. 너까지 엄마한테 말려들면 어떡해."

"그래서, 뭐, 집에 가는 중이야?"

나는 미안한 마음에 화제를 돌렸다.

"조금 전에 퇴근했다고 했잖아. 그래, 집에 가고 있어. 당연히 그 집이 아니라 내 집으로."

형은 가까스로 감정을 억누르는 것 같았다. 내 곁에 엄마가 있으리란 것도, 통화 내용을 고스란히 엿듣고 있으리란 것도 눈치챈 듯했다. 그래서 나는 조심히 들어가라고 말한 뒤 서둘러 전화를 끊었다. 내가 휴대전화를 내려놓자마자 엄마는 손에 쥐고 있던 목도리를 위아래로 흔들며 실소를 터뜨렸다.

"웃긴다, 네 형. 진짜 왜 그런다니? 뭐 때문에 거짓말하는 거야? 이해할 수가 없네."

나는 엄마한테 이러지 말라고, 그만하라는 뜻으로 양손을 내저었다. 그러자 엄마는 뒤돌아서 안방으로 향했다. 오래지 않아 실내복 차림으로 나왔고, 그대로 욕실로 가려다가 방향을 틀어 내 쪽으로 다가왔다.

"야, 안 되겠어. 네 형한테 다시 전화해봐. 그리고 옆에 형수 있으면 바꿔달라고 그래."

나는 기가 막혀서 엄마를 빤히 올려다보다가 한쪽 어금니를 꽉 깨문 채 말했다.

"퇴근중이라잖아. 아직 집에 도착하지도 않았을 텐데 무슨 형수가 옆에 있어."

"그 새끼, 지금 거짓말하는 거라니까."

"아, 엄마."

나는 두 손으로 얼굴을 감쌌다. 머리가 지끈지끈했다.

"대체 뭐가 거짓말이라는 거야."

"거짓말하는 거라고."

"그러니까 누가?"

나는 거의 울기 직전이 되어 물었다.

"지금 누가 거짓말을 하고 있다는 거야?"

그러자 엄마는 내 어깨를 툭 밀치며 언성을 높였다.

"이 새끼가 전화하라면 할 것이지, 무슨 잔말이 이렇게 많아?"

"제발 정신 좀 차려!"

결국 나는 자리에서 일어나 소리쳤다.

"무슨 망령 들었어? 미친 사람처럼 왜 이래!"

엄마는 그런 나를 오히려 어이없다는 듯 쳐다보았다. 돌아서서 욕실로 향하더니 쾅 소리가 나도록 문을 닫았다. 이윽고 쏴아 하고 쏟아져 내리는 물소리가 들려왔다. 나는 한 손으로 이마를 짚은 채 소파에 주저앉았다.

맙소사, 이게 뭔 짓이지?

컴컴한 텔레비전 화면에 비친 내 실루엣을 멍하니 바라보기만 했다.

나는 얼마쯤 시간이 흐른 뒤에야 엄마가 말도 안 되게 굴었던 이유를 알 것 같았다. 생각해보니 형네 부부는 지난 추석 연휴에도, 엄마 생신에도, 연말에도 엄마를 찾아오지 않았다. 그들은 원래도 방문이 드문드문한 편이었는데, 그 주기가 점점 길어지는가 싶더니 언제부터인가 발길을 뚝 끊다시피 했다. 대신에 홍삼 세트며 고어텍스 등산복이며 백화점 상품권 같은 선물을 빠뜨리지 않고 보내왔다. 이따금 형수가 엄마에게 안부 전화를—말 그대로 안부만 묻는 전화를—걸어오기도 했지. 엄마는 그 모든 것이 성에 차지 않았던 모양이다. 그러니 혼자 불만을 삭이고 삭이다가 끝내 그런 식으로 터뜨린 것이겠지. 집 앞에서 형과 닮은 사람을 목격하고는 밑도 끝도 없이 히스테리를 부리는 식으로…… 어쩌면 엄마는 형과 비슷한 사람을 본 게 아닐지도 모른다. 사람은커녕 지나가는 고양이 한 마리 보지 못했을지도. 이건 내 생각인데, 엄마는 그저 자신이 보고 싶은 사람을 보고 싶은 순간에 본 것뿐인지도 모른다.

　너희 왜 안 오니? 자식이면 꼭 무슨 날이 아니어도 부모한테 얼굴을 비쳐야지. 인사를 해야지. 선물 쪼가리만 틱 보내면 다야? 너희는 내가 오라고 해야만 오니? 대체 둘이서 무슨 작당을 한 게야? 자식새끼 키워봤자 아무 소용 없다더니. 계집애한테 꽉 잡혀서 제 어미는 나 몰라라 하고. 싸가지 없는 새끼 같으니. 내가 제 놈을 어떻게 키웠는데.

　내 짐작이 맞을까. 차라리 그러기를 바랄 뿐이다. 엄마가 정말로 노망이 든 게 아니라면.

○

　"네 형은 나를 미워해."

　그러고 보니 엄마가 이런 말을 한 적이 있었다.

　"중학교 때였나. 네 형이 양아치 같은 애들이랑 한창 어울려 다닐 때 말이야. 기어이 마트에서 물건을 훔쳤다는 거야. 경찰서에 잡혀 있다고 연락이 와서 한바탕 난리가 났지. 다행히 미성년자에 초범이라 훈방 조치 받고 풀려났지만…… 세상에, 내 자식이 도둑질이라니, 미친놈, 기가 막혔지. 그래서 집에 데려와서도 한참 동안 야단을 쳤어. 버릇을 단단히 고쳐 주려 했지. 그런데 이상해. 이놈이 평소랑 다르게 대들지도 않고 얌전히 듣기만 하더라. 그러더니 밑도 끝도 없이 잘못했 다면서 울어. 눈물을 펑펑 쏟으면서 가슴을 막 쥐어뜯더라. 그리고 이런 말을 해. 아빠 대신에 자기가 죽었어야 한다고 말이야. 내가 너무 놀라서 무슨 말을 하는 거냐고, 진정하라 고 달래려는데 네 형이 나를 확 밀치면서 도리어 황당하다는 투로 쏘아붙이더라. '엄마, 지금 무슨 말을 하는 거야. 예전부 터 엄마가 나한테 그랬잖아. 아빠 대신에 내가 죽었어야 한 다고.'"

"세상에."

나는 눈을 크게 뜨고 엄마를 쳐다보았다.

"정말로 그런 말을 했어?"

"돌았니? 너까지 왜 그래."

엄마는 내 등을 찰싹 소리 나게 때렸다.

"아무리 내가 정신없이 살았어도 그렇지. 애한테 그런 소 리까지 했겠어?"

하지만 나는 엄마가 형에게 그런 말을 했으리라 여겼다. *네 가 대신 죽었어야 해.* 내가 아는 엄마는 홧김에 그런 말을 뱉고도 남을 사람이었으니까. 그 말을 했다는 기억마저 지워버릴 사람이었으니까. 자신이 홀로 짊어져야 하는 가장으로서의 책임감에, 고단한 생활의 무게에 이따금 분을 참지 못하고 폭발하여 형과 나를 쥐 잡듯이 몰아세우곤 했으니까. 손에 잡히는 대로 물건을 집어던지고 우리를 사정없이 쥐어패곤 했으니까. 마치 엄마의 불행이 모두 형과 나의 탓인 것처럼. 플라스틱 옷걸이를 든 엄마를 피해 장롱 안에 숨어 있다가 목덜미를 잡힌 채 질질 끌려나와 두들겨맞았던 기억이 난다. 그때 어두컴컴한 장롱 안에서 형과 나는 서로를 부둥켜안은 채 울었다. 훌쩍이는 소리가 문틈으로 새어나갈까봐 손으로 서로의 입을 틀어막고 있었는데…… 형의 그 작고 부드러운 손바닥의 감촉이, 내 입을 짓누르던 압력이 지금도 생생하게 떠오른다.

그래서 형은 정말로 엄마를 미워하게 됐을까. 그것이 고등학교를 졸업하자마자 독립하여 다시는 이 집으로 들어오지 않게 된 이유일까. 모르겠다. 언젠가 형은 징그러운 것을 바라보는 듯한 얼굴로 내게 이런 말을 했다. *너는 대체 엄마를 어떻게 견디는 거야? 그 나이 먹고 왜 아직도 같이 살아?*

엄마 말에 따르면 형은 왼쪽 다리를 살짝 절게 된 것마저 아버지나 사고 탓이 아니라 엄마를 탓한다고 했다. 형의 불행을 모두 엄마 탓으로 여기는 듯하다고.

이게 다 엄마 때문이야!

그러고 보니 나 역시 엄마에게 똑같은 말을 한 적이 있었다.

이게 다 엄마 때문이라고!

당연히 홧김에 뱉은 말이었다. 홧김에 속내를 털어놓는 건…… 집안 내력인 것일까. 하지만 누군가의 불행이 온전히 다른 누구의 탓일 수 있을까. 누가 누구를 그토록 전면적으로 망쳐놓을 수 있을까. 아니, 우리가 진심으로 서로를 망치려고 든 적이 있었을까. 정말로 그런 순간이 살면서 단 한 번이라도 있었을까.

그럴 리가.

무엇보다 자신의 불행이 누구의 탓도 아님을, 그저 제 소관임을 모르는 사람도 있을까.

그럴 리가.

대체 우리는 왜 이 모양일까.

○

똑같지는 않지만 비슷한 일이 하나 떠오른다. 그러니까 그 사람을 본 게 아닌데, 그 사람을 보았다고 해서 벌어지는 이야기. 그 자리에 있지 않았던 사람을 기어이 그 자리에 있도록 만드는 이야기.

오랜만에 고등학교 동창을 만난 날이었다. 내가 첫 소설집을 막 출간한 즈음이기도 했지. 그 무렵 나는 매일 아침 눈을 뜨자마자 휴대전화를 집어들어 온라인 서점의 판매 지수부터 확인했다. 그 숫자에 따라 하루의 기분이랄까 컨디션이 결정되다시피 했지. 그 빌어먹을 판매 지수가 작가로서의 내 삶을, 가치를, 전망을 무자비하게 평가하여 만인에게 목청껏 떠벌리고 있는 듯했으니까.

물론 문학을 하는 이로서 그런 상업주의 논리로부터 초탈해야 한다는 의식 정도는 갖고 있었다. 하지만 그게 어디 말처럼 쉬운가. 어렵게 데뷔하여 처음 책을 내본 탓도 있었지만, 어쩌면 나는 작가이기 전에 편집자이기도 하여 그 무자비한 평가에 더 취약했는지 모른다. 출판계 사람들이 작가의 작품을 누구보다 애정어린 시선으로 지켜보고, 그가 추구하는 미학이랄지 고유의 문학성을 아낌없이 지지해주리라는 환상 따위를 전혀 갖고 있지 않았으니까.

내가 아는 한 작가가 제아무리 대단한 작품을 써낸들(내가 대단한 작품을 썼다는 게 아니다⋯⋯) 판매가 부진하면 다음 계약은 이루어지지 않는다. 그 어떤 경우라도 손익분기점을 넘기지 못하면 다음 계약은 언급조차 어렵다. 편집자가 회사를 상대로 어떤 작가와의 계약을 추진할 때 가장 효과적인 방법은 그가 문학적으로 얼마나 뛰어나고 독창적인지를, 어떤 가능성을 품고 있는지를 조목조목 설명하는 것이 아니다. 그의 전작이 몇 부나 팔렸는지 혹은 2차 저작권이 얼마에 팔렸는지를 수치로 명명백백하게 보여주는 것이다.

그러므로 나는 출간 후 닷새가 지났을 무렵부터 거의 이성을 잃고—판매 지수가 형편없었으니까—지인들에게 연락을 돌리기 시작했다. 한때 가깝게 지냈던 이들은 물론이고 몇 년에 한 번 연락할까 말까 한 이들에게도 안부를 전하며 출간 소식을 알렸다. 당연히 책을 사달라는 호소나 마찬가지였고⋯⋯ 놀랍게도 그들 대부분은 흔쾌히 책을 구매해주었다.

휴대전화로 주문 현황을 캡처하여 구매를 인증하는 식으로 넓은 아량을 베풀었지. 하지만 이걸 빌미로 사소한 요구를 해온 이들도 있었다. 기브 앤 테이크가 확실한 이들. 상대가 조금만 아쉬운 소리를 꺼내놓으면 그걸 어떻게든 기회로 활용하는 이들. 그 탓에 나는 마뜩잖은 몇몇 요구에 응할 수밖에 없었다. 연락이 끊어지다시피 했던 고등학교 동창을 다시 만나는 일도—내 책을 열 권이나 사서 직장 동료들에게 나누어주었다고 했다—그중 하나였다.

7월의 어느 주말, 동창과 나는 종로의 모 베이커리 카페에서 만났다. 처음에는 분위기가 나쁘지 않았다. 근황을 나누고 고등학교 시절을 추억하는 것만으로 화제가 끊이질 않았으니까. 그러나 대화를 나눈 지 이십 분도 채 지나지 않아 우리는 급격하게 말수가 줄어들었다. 졸업 후 동창과 나는 전혀 다른 삶의 궤적을 그리며 살아왔기에, 피상적이나마 책 이야기까지 나누고 나니 더이상 대화할 거리가 떠오르지 않았던 것이다. 그래서 둘 다 어쩔 줄 몰라했고, 테이블 위로는 어색한 침묵이 흘렀다. 그때 동창이 뭔가 생각났다는 듯 입을 열었다. 지난번 예비군 훈련중 겪었던 일이라면서, 그곳에서 다른 동창들과 함께 A를 만났다고 했다.

"누구인지 기억나?"

나는 찻잔을 내려놓으며 고개를 끄덕였다. A와는 고등학교 2학년 때 같은 반이었기에 —친한 사이는 아니었다— 어렵지 않게 그의 얼굴을 떠올릴 수 있었다. 동창은 예비군 훈련장에서 하릴없이 그들과 잡담을 주고받다가 나에 관한 이야기를 듣게 되었다고 했다. 종로3가 지하철역 화장실에서 A가 나를 본 적 있다는 것이었다.

"A가 나를 봤다고?"

"응, 화장실에 볼일 보러 들어갔다가 네가 세면대 앞에 서 있는 걸 봤대."

"그래?"

나는 고개를 갸웃하며 기억을 되짚어보았다. 그런 일이 있었나.

"인사하려고 다가갔더니 자기한테 눈길도 주지 않고 계속 모른 척하더래. 그래서 네 어깨에 손을 올리며 이름까지 불렀는데, 굉장히 신경질적인 태도로 확 뿌리치고는 그대로 화장실을 나가버렸다는 거야."

"내가 그랬다고?"

"응, 아니야?"

나는 잠시 생각해보다가 고등학교를 졸업한 뒤로 A와 마주친 적이 한 번도 없었다고 말했다. 하지만 동창은 내 말을 믿지 않는 눈치였다. 그러면서 내가 이 목격담을 부인하는 이유라고 짐작하는 듯한 대목을 덧붙였다.

"그날 네가 거울 앞에서 화장을 하고 있었대."

"내가?"

"응, 얼굴에 정신없이 퍼프를 찍어 누르고 있었다던데. 마치 데이트를 앞둔 여자처럼. 그런데 목이나 손등의 피부색은 어두워서 얼굴만 허옇게 동동 떠 있는 것처럼 보였다고 하더라."

"내가?"

"응, 네가."

나는 할말을 잃었다. 순간 내가 기억을 지워버렸나, 종로3가 지하철역에서 화장을 하다가 고등학교 동창을 맞닥뜨린 일이 너무 창피하여 기억을 지워버렸나, 하는 의구심이 들었다. 하지만 그런 일은 없었다. 그것은 내가 아니었다. 그래서 분명하게 말했다. 그거 나 아니야.

"정말로 아니야?"

"아니라니까."

동창은 희미한 미소를 띤 채 고개만 까닥거렸다. 내가 이 이야기를 부인하는 모습이 사뭇 재미있다는 기색이었다. 마치 오늘의 만남으로 다음 예비군 훈련 때 꺼내놓을 이야깃거리를 새로 하나 획득했다는 눈빛이었지.

"진짜 나 아니라니까……"

기이한 것은 아니라고 말하면 말할수록, 진심을 다해 부정하면 부정할수록 나조차 내 말을 믿기 어려웠다는 것이다. 종내 나는 가슴을 치며 답답함을 호소하기에 이르렀고, 목소리를 높여 A를 비난하게 되었다. 생각해보니 A는 고등학교 시절에도 실없는 농담을 일삼았고, 그로 인해 망측한 소문이 퍼져 당사자들이 곤경에 처하는 상황을 변태처럼 즐겼다고 말이다.

"원래 A가 허언이 심하잖아. 미친 새끼야, 그거."

동창은 나를 쳐다보기만 했다. 그런가, 오해가 있었나보네, 하면서 상체를 비스듬히 틀어 앉았고 말없이 창밖을 내다보았다. 정오의 햇살이 너르게 비쳐 들어와 목재 테이블과 바닥을 데우고 있었다. 점심시간이 가까워지면서 손님들이 한꺼번에 빠져나간 카페 안은 어쩐지 황량한 분위기를 풍겼다. 이윽고 동창이 이만 갈까, 하면서 외투를 챙겨 일어섰다. 나는 자리를 파하고 집에 돌아와서도 분이 풀리질 않았다. 저녁이 다 되도록 어떻게 하면 A에게 복수할 수 있을지만 궁리했다. 하지만 뭘 어쩌겠는가. 그러던 중 내가 무엇 때문에 이토록 안달복달하는지에 대해 새삼 헤아려보게 되었다.

만약에 A가 나와 마주쳤는데 내가 모른 체하며 가버렸다는 이야기가 전부였다면 그토록 발끈했을까. 내가 아니라고 부인하는 말을 동창이 믿어주거나 말거나 그렇게까지 역정을 냈을까. 아닐 것이다. 나는 데이트를 앞둔 여자처럼 화장을 하고 있었다는 말에, 얼마나 분을 처발랐는지 얼굴만 허옇게 동동 떠 있는 것처럼 보였다는 말에—그것이 내가 아니었음에도—양볼이 홧홧해질 만큼 수치심을 느꼈다. 예비군 훈련장에서 군복 입은 남자들이 둘러앉아 낄낄거리며 나를 안줏거리처럼 소비하는 모습을 상상하는 것만으로 치가 떨렸다. 고등학교 시절에 하루가 멀다 하고 들었던 조소와 비아냥—"계집애 같은 자식"—이 떠올라 분노를 주체할 수 없었다.

그래, 오랫동안 내게 여성스럽다는 말은 모욕이나 마찬가지였다. 나는 예술대학원에 진학하여 소설을 쓰기 시작하면서, 동성애자가 주인공으로 등장하는 작품을 발표하기 시작하면서 내가 게이라는 사실을 조금씩 받아들일 수 있었다. 마침내 그런 내용이 담긴 책을 출간할 수 있었고, 심지어 그걸 지인들에게 사달라고 요구할 수도 있었다. 그럼에도 오랫동안 내 안에 새겨진 수치심을 완전히 극복하기는 어려웠다. 그것은 아무리 애를 써도 말끔하게 아물지 않는 화상자국 같은,

언제나 우툴두툴하게 남아 있는 흉터 같은 비가역적 손상이었으니까. 나는 그 훼손마저 오롯이 수용해야 함을 알면서도, 오히려 전복하고 갖고 놀아야 한다고 배웠으면서도, 부끄러워하지 말아야 한다고 수없이 되뇌었으면서도 부끄러워했다. 그것은 정말이지 어찌할 수 없는 일이었고…… 생각건대 자신을 조금도 창피해하지 않는 동성애자란 세상에 존재하지 않으리라는 확신이 들 정도였다.

나는 지나치리만큼 꾸준하게, 가끔은 누구보다 야멸찬 방식으로 스스로를 미워했다. 그럴 수밖에 없었다. 그것은 내 의지나 노력과 무관한 일이었으니까.

내 잘못은 아니었지만 항상 내 잘못이었다.

내 죄는 아니었지만 언제나 내 죄였다.

나는 한 번도 내가 죽기를 바라지 않았으나 늘 내가 죽어 마땅하다고 생각했다.

그렇기에 어쩌면, 아니 거의 확신하건대 나는 마지막 숨을 거두는 그날까지도 나 자신과 화해하지 못하리라는 생각이 든다.

3 위안에 관하여

언제였더라. 내 책이 나오고 출판사 유튜브 계정에 올릴 홍보 영상을 촬영한 적이 있었다. 그날 나는 세 대의 카메라 앞에서 나도 모르게 뭔가를 조금씩 연기했는데 그게 영 어색했던 모양이다. 쉬는 시간에 연륜이 좀 있어 보이는 마케터 한 분이 내 쪽으로 슬그머니 다가와 작가님, 억지로 밝은 척 하지 않으셔도 돼요, 편하게 하세요, 라고 웃으며 속삭였다. 한 손으로 내 어깨를 짚은 뒤 가버렸는데, 나는 그것을 밝은 척하려면 제대로 좀 하시라는 뜻으로 받아들였고, 이후로 최선을 다해 밝은 척하다가 모든 것을 망쳐버렸다. 내가 무슨 말을 하는지도 모르면서 지껄였고(멈출 수 없었다), 왜 웃는

지도 모르면서 웃어댔다(역시 멈출 수 없었다). 그런 나를 아무도 제지하지 않은 채 카메라들은 돌고, 돌아가고…… 집으로 돌아와 씻고 누웠지만 새벽 세시가 넘도록 잠을 이룰 수 없었다.

오래지 않아 촬영 날 처음 마셔본 콜드브루에 든 카페인이 내가 평소에 섭취하던 양의 세 배가 넘는다는 걸 알게 되었다. 그 사실을 알기 전까지 나는 그날 밤늦도록 잠을 이루지 못한 이유가 분해서라고 생각했다. 내가 제대로 연기를 해내지 못해서, 나잇값도 못하고 사회생활에 서투른 티를 내고 말아서, 요즘 작가들은 글만 잘 써야 하는 게 아니라 말도 재치 있게 해야 하고 외모도 호감이어야 하고 SNS로 소통도 활발히 해야 하고 온갖 행사와 오디오북 녹음과 홍보 영상 촬영에 거의 무보수로 임하면서도 우아함과 여유를 잃지 않아야 하는데 아 진짜 나는 뭐 하나 제대로 하는 게 없으니 어쩌라고…… 그런 번민으로 잠을 이루지 못한 줄 알았는데 아니었던 것이다. 혼동했던 것이다.

내가 이런 이야기를 아침식사 도중에 넋두리처럼 늘어놓자 엄마는 더 들어줄 것도 없다는 듯 고개를 가로저었다.

"그러게 누가 소설 같은 거 쓰래? 다 너 좋자고 하는 일이잖아."

○

　이듬해 봄, 엄마는 자신을 험담했던 친구들과 함께 비행기를 타고 제주도로 3박 4일 여행을 떠났다.

　"다녀올게, 아들."

　들뜬 얼굴로 다른 아주머니들과 함께 나누어 먹을 삶은 계란이며 복숭아물이며 계피맛 사탕 같은 것을 한 보따리 챙겨서 나가는데…… 정말이지 속도 없는 사람이라고 생각했다.

　그날 오후 나는 엄마가 휴대전화로 전송해온 산방산의 유채꽃 사진들을 보았다. 너른 대지에 빼곡하게 피어난 진노란색 꽃들 사이에서 선글라스를 낀 엄마가 활짝 웃고 있었다. 진심으로 흡족하여 짓는 웃음이라는 걸 단번에 알아볼 수 있을 정도였다. 같은 브랜드의 등산복을 입은 아주머니들과 나란히 서서 어깨동무하거나 포옹하는 자세로 찍은 사진도 있었다. 엄지와 검지를 살짝 엇갈리게 맞대어 하트 모양을 만든 뒤 서로에게 내밀며 웃고 있는 사진도.

　나는 휴대전화를 내려놓고 늦은 점심을 차렸다. 엄마가 한 솥 가득 끓여놓은 미역국을 데워 밥을 말아먹었다. 설거지까지 마친 후에는 거실 바닥에 드러누워 천장을 올려다보았다. 어째서인지 집안이 텅 빈 듯 느껴졌다. 반쯤 열어둔 창으로

3월의 봄바람이 길게 흘러들어왔다. 사늘하고 부드러운 감촉이 살갗을 훑으며 지나갔다. 발바닥이 간지러웠다.

○

며칠 전에는 동네에서 내가 제일 좋아했던 이층 양옥집의 나무가 베였다. 흰색 헬멧을 쓴 인부 서너 명이 달려들어 전기톱으로 한참을 쑤셔댔고, 나는 그 광경을 반쯤 무너져내린 벽돌 담장 너머에서 지켜보기만 했다. 내가 무엇을 할 수 있었겠는가. 나무는 가지가 모두 잘린 뒤 포클레인에 몸체가 묶여 뿌리째 뽑혀 나갔다. 수십 년 동안 땅속에서 자리잡았을 길고 굵직한 뿌리들이 군데군데 부러지거나 거의 찢어지다시피 한 채 공중에 떠올랐다. 그 모습이 전시되듯 얼마간 그대로 걸려 있었다.

거주하던 이들이 집을 비운 뒤로 칠 년 가까이 정원에 혼자 서 있던 나무였다. 바로 옆 전신주와 견줄 만큼 키가 우뚝했고, 사방으로 높게 뻗어 올린 나뭇가지에 손바닥만한 잎사귀가 무성했으나 한 번도 열매를 맺거나 꽃 피운 모습을 본 적이 없었다. 나무는 사시사철 곧고 푸르기만 했다. 그게 좋았던 걸까.

집까지 허물고 난 터에는 상가 빌딩이 들어설 예정이라고 했다. 일층에는 유기농 식빵을 전문으로 만드는 베이커리가, 이층과 삼층에는 수입 안경점이, 사층에는 디지털 사진관이 입점한다는 현수막이 내걸렸다. 그러게, 왜 사진 한 장 남겨두지 않았을까.

사라지고 나서야 생겨나는 것들이 있었다.

○

졸다가 깨어 환기하려고 창문을 열자 옆집 마당이 훤히 내려다보였다. 햇빛으로 반짝이는 시멘트 바닥에 진라면 순한맛 박스가 덩그러니 놓여 있었다. 그 안에 흰색과 연갈색 털이 묘한 무늬로 어우러진 고양이가 모로 누워 잠든 모습이 눈에 들어왔다. 녀석은 숨을 들이쉬고 내쉴 때마다 오븐 속 빵처럼 동그랗게 부풀어오르고 가라앉았다. 잠결에 긴 꼬리를 상자 밖으로 내밀어 이리저리 휘둘렀고, 한쪽 귀를 쫑긋거리기도 했다. 앞발로 얼굴을 문지르며 잠꼬대하기도 했지. 그 모습이 엄마 같다고 생각했다. 무슨 이유인지 알 수는 없었으나 총체적으로 엄마 같다는 인상을 받았다. 웃음이 나왔고, 엄마도 이렇게 웃으면서 나를 내려다본 적 있으리라는 생각이 들었다.

○

　광화문 카페에서 작업을 마치고 귀가하는 길에는 영풍문고 근처 분식집에 들렀다. 소문대로 떡볶이가 훌륭했고 튀김 역시 탁월하여 김밥도 먹어볼까 하는 마음에 사장님을 찾아 주위를 두리번거렸다. 그러던 중 식당 한쪽 벽면을 빼곡하게 채운 낙서들을 발견했다. 각양각색으로 쓰인, 다양한 크기와 필체의 문장들에 시선이 머물렀다.

　왔다 갑니다. 진짜 진짜 고마워. 수능 대박 기원. 근철아 너도 여기 왔었냐. 잊지 않겠습니다. 지윤♥현아. 다음주에 또 올게요. 가만히 있으라. 멍청한 똘추 새끼들이 뭐가 좋다고 실실 쪼개냐 쪼개길. 미안해요 영선씨 내가 하나부터 열까지 다 잘못했어요 제발 돌아와요. 오늘따라 떡볶이가 달다. 씨발 이게 나라냐. ○○여고 3학년 2반 포에버. 사랑해 민수야 지금까지 이렇게 사랑한 사람은 너뿐이야. 애인 구함 010-41○○-○○91. 웃기지도 않네. 우리가 언제까지 이러고 살 줄 알아.

나는 김밥을 기다리는 동안 눈에 띄는 대로 문장들을 읽었다. 그러면서 사람들이 왜 글을 쓰는지에 대해 생각해보았다. 누가 시킨 것도 아닌데 어째서 기어코 뭔가를 쓰고야 마는지에 대해.

나는 왜 쓰는가.

이건 조지 오웰의 산문집 제목이기도 해서, 서점에서 그 책을 발견했을 때 충동적으로 구매해놓고 지금까지 한 장도 읽지 않았다는 사실이 문득 떠올랐다. 읽지 않아도 알 것 같은 기분 때문이었을까. 아마도 나는 세상에 뭔가를 남기고 싶어서 쓰는 것 같은데, 내가 남길 수 있는 게 글뿐이라 쓰는 듯한데, 그것이 나 같은 누군가에게 전해지길 바라는 것 같은데, 그가 나보다 조금이라도 나은 삶을 영위했으면 싶은데…… 그래서인지 내가 쓰는 모든 글이 유서처럼 여겨질 때가 있다. 지금 여기에 쓰는 문장들이 내가 남기는 마지막 편지 같은 것이라고.

○

작업이 도통 풀리지 않던 어느 날에는 국립현대미술관에 갔다. 길게 이어진 돌담길을 걷는 내내 매서운 겨울바람에 코

끝이 얼얼했던 기억이 난다. 도착해서 표를 끊고 사물함에 크로스백을 넣으려는데, 평소보다 관람객이 많아서인지 빈 사물함이 하나도 보이지 않았다. 하는 수 없이 나는 가방을 멘 채 입장하여 '올해의 작가상' 전시를 관람했다.

네 명의 후보 중 세 명의 전시까지 둘러보았을 때 아, 이제 이런 것도 그만 보고 싶다는 생각이 들었다. 언제부터인가 전부 엇비슷하게 느껴지는 영상에, 사운드에, 기계장치에……어깨에 멘 가방이 점점 묵직하게 느껴져 괴롭기만 했으니까. 그러던 중 화장실에 들렀다가 나오는 길에 복도 끝에서 작은 화분을 하나 발견했다. 연보라색 페인트로 칠한 단 위에 놓여 있었고, 견고한 유리 상자가 씌워진 걸 보니 그것 역시 작품인 듯했다. 황갈색 토분 속에서 새치름히 고개를 내밀고 있는 게발선인장. 나는 주위를 두리번거리다가 발치에 놓인 캡션을 발견했다.

줄리 톨렌티노Julie Tolentino.

흙 속의 아카이브Archive in Dirt, 2019-.

하비 밀크가 길렀던 모체 선인장에서 번식한 선인장, 흙, 자갈, 캘리포니아 점토와 데릭 저먼의 정원·탑골공원·남산의 흙을 섞어 만든 화분(By 이강승).

약 17×23.5×15cm.

작가와 커먼웰스 앤드 카운슬 소장.

알고 보니 뒤쪽 벽면에는 해설도 적혀 있었다. 그 글과 나중에 내가 찾아본 내용을 함께 정리하면 이렇다.

선인장 '하비'는 오픈리 게이 최초로 1978년 미국 캘리포니아주 샌프란시스코 시의원에 당선된 하비 밀크(1930~1978)의 유산이다. 성 소수자의 권리 옹호에 힘쓰던 그는 동료 시의원 댄 화이트에게 살해당했다. 하비 밀크가 죽은 뒤 그가 기르던 선인장의 줄기를 잘라 친구들이 나누어 가진 일이 '하비'의 계기가 되었다. 그로부터 약 사십 년 후 줄리 톨렌티노가 이를 이어받아 전시에 출품했고, 2019년에 '하비'를 본 이강승이 지속적인 협업을 진행하고 있다. '하비'를 나누고, 전 세계의 퀴어 커뮤니티와 공유하며, 각지의 흙을 한데 섞어 화분을 만드는 등의 작업은 앞으로도 시대와 공간을 가로지르며 계승될 예정이다.

○

공유와 계승, 하니까 생각나는 일화가 있다. 지난해 겨울,

합정동에 위치한 모 아카데미에서 소설 창작 수업을 맡았을 때였다. 처음 수업 제안을 받았을 적에는 과연 내가 글쓰기를 가르칠 수 있을까, 소설을 가르치는 일이 정말 가능할까, 하는 회의적인 생각만 들었다. 그러던 중 나의 예술대학원 시절을 돌이켜보았고, 창작 수업에서 가르침보다 중요한 게 있지 않았나, 하는 생각에 골몰했다. 그리고 찾아냈지. 소설을 쓰고자 하는 이들이 한데 모일 수 있는 장소를 마련하는 것, 그들이 서로의 존재를 확인하고 글을 통해 영향을 주고받을 수 있도록 돕는 것, 그게 중요하지 않았나 싶었다. 그래서 나는 아카데미측으로부터 수업을 소개하는 짤막한 글을 요청받았을 때 다음과 같이 썼다.

글을 쓴다는 것은 무엇을 하는 행위일까요. 저는 자신을 쓰는 일이라 생각합니다. 자신을 쓰기 위하여 타인을 경험하고 감득하는 일이라 생각합니다. 생의 외연을 넓히기 위한 안간힘이라 생각합니다. 과연 우리가 이 수업을 통해 잠시나마 연결될 수 있을까요. 일생에 딱여섯 번 만날 수 있는 사람들과 함께 소설을 쓰고 이야기를 나누어봅시다.

그리하여 시작된 창작 수업 첫날, 나는 간단한 오리엔테이션을 마친 뒤 준비해온 자료를 수강자들에게 나누어주었다. 거기에는 내가 소설에서 발췌한 글, 에세이에서 발췌한 글, 일기에서 발췌한 글, 이렇게 세 종류의 글이 한 단락씩 담겨 있었다. 나는 그것들이 어느 작가가 쓴 글인지, 무엇이 소설이고 에세이고 일기인지 밝히지 않은 채 수강자들이 읽어보게끔 했다. 그리고 셋 중에서 무엇을 소설이라 생각하는지 의견을 물었다. 수강자들은 서로 다른 글을 소설이라 추측하며 나름의 이유를 설명했다. 주인공의 성격이 특이하다든지, 상황이 극적이라든지, 글쓴이가 비유와 상징에 능하다든지, 잘은 모르겠는데 소설 같은 느낌이라든지 하는 식이었다. 그렇게 의견을 나누다가 거의 막바지에 이르러서는—내가 무슨 말을 보태지 않았음에도—셋 중 무엇이 소설이라 밝혀져도 그리 놀랍지 않겠다는 합의를 이루었다.

"다 소설 같아요."

한 수강자는 이렇게 말하며 웃었다.

"소설이 이런 거군요."

두번째 수업에서 나는 수강자들에게 이십 분을 주고 그 자리에서 즉흥적으로 에세이를 쓰도록 했다. 글의 주제는 '작은 비밀'이었다. 내가 이제부터 시작, 하고 손뼉을 딱 치자마자 수강자들은 나누어 받은 에이포 용지에 각자의 펜으로 뭔가를 적어내려갔다. 누구도 한눈파는 기색 없이, 마치 이 순간만을 기다려왔다는 듯이 글을 썼다. 단단한 볼펜심이 얇은 종이와 목재 책상의 표면을 톡톡톡 두드리는 소리가 사방에서 울려퍼졌다. 나는 내색하지 않았으나 그 광경이—끊임없이 문을 노크하는 듯한 소리가, 그 집요한 시도가—좀 놀라웠다. 열댓 명의 성인이 고개를 푹 숙인 채 자신의 작은 비밀을 써내려가는 모습을 처음 보았으니까. 잠깐이었지만 영화에서 본 고해성사의 한 장면이 겹쳐 떠오르기도 했다.

얼마 후 나는 시작할 때와 똑같이 손뼉을 딱 치면서 그만, 하고 외쳤다. 오 분의 휴식을 갖고는 차례로 돌아가면서 자신이 쓴 에세이를 발표해보자고 했다. 수강자들은 다소 난감해하는 기색이었으나 제 차례가 되면 주저하지 않고 글을 읽었다. 처음에는 떨리는 목소리로 더듬거리다가 서서히 고유의 리듬과 음색을 찾아 안정적인 낭독을 이어갔다. 사실 나는 그들이 발표하는 내용보다 그 변화가 이루어지는—그들의 목소리가 한층 깊어지는—순간들이 더 인상적이었다.

어느 수강자는 자녀의 뺨을 때렸던 일을, 어느 수강자는 배우자 모르게 직장 동료를 연모했던 일을, 어느 수강자는 이 수업을 들으러 오는 길에 친한 친구를 따돌리려 거짓말했던 일을, 어느 수강자는 어린 시절에 기르던 개를 버리다시피 시골 할머니 댁에 갖다주고 온 일을 이야기했다.

마지막 수강자까지 발표를 마쳤을 때, 나는 가위로 네모나게 오려둔 종잇조각을 나누어주었다. 거기에 가장 좋았던 수강자의 글 제목을 적어 내라고 했다. 그런 다음 모두가 보는 앞에서 하나씩 개표했다. 많은 표가 서너 개의 글에 몰려 있었다.

"결과를 보면 아시겠지만 사람들이 좋다고 느끼는 글은 대체로 비슷한 편이에요. 내가 좋다고 느끼면 다른 사람도 좋다고 느낄 가능성이 크죠. 그러니까 사람들 사이에서 좋음에 대한 합의는 느슨하게나마 이루어져 있다고 볼 수 있어요."

수강자들은 고개를 끄덕이며 들었다.

"그렇다면 우리는 어떤 글을 좋다고 느끼는 걸까요. 이건 제 생각인데, 오늘날 독자가 책에서 원하는 건 내밀한 공명 같아요. 언젠가 자신도 겪었으나 그게 무엇인지 모른 채 막연히 흘려보냈던 시절을, 애써 덮어두고 잊어버리려 했던 상처를, 사랑하는 이에게도 차마 발설할 수 없었던 욕망을 작가가 정확한 문장으로 표현해냈을 때 그걸 좋다고 느끼는 거죠. 경험적으로는 이미 아는 건데 언어로는 미처 몰랐던 것을 선명한 인지의 단계로 끌어올려주는 글. 그래서 텍스트를 경유해 타자 혹은 세계와 연결되는 듯한 감각을, 자신이 혼자가 아니었음을 깨닫는 순간을 좋아하는 거죠."

나는 잠시간 교실 안을 둘러보았다. 물을 한 모금 삼킨 뒤 말을 이어나갔다.

"오늘 글의 주제가 '작은 비밀'이었잖아요. 저는 에세이를 발표해주신 모든 분이 적당히 꾸며낸 비밀이 아니라 정말로 자신의 비밀을 써주셨다는 인상을 받았어요. 그게 사실인지 아닌지는 중요하지 않다는 생각도 들었고요. 비밀을 털어놓는 건 진실을 꺼내놓는 일이고, 진실은 생면부지의 타인과도 공명할 수 있는 통로가 된다는 걸 다들 느낄 수 있었으리라 생각해요. 혹시 저만 그렇게 느꼈나요?"

수강자들은 서로를 흘긋거리다가 조그맣게 미소를 지었다. 나는 목을 한번 가다듬고는 덧붙였다.

"앞으로 진행될 수업은 각자가 쓴 소설을 다 같이 읽고 합평하는 시간이 될 텐데요. 오늘 우리가 서로의 글을 통해 무언가 느낄 수 있었던 것처럼, 혼자서 소설을 쓸 때에도 이러한 감각을 염두에 두시면 좋을 것 같습니다."

그다음 수업부터는 매주 서너 편의 소설을 합평했다. 해당자들은 수업 이틀 전까지 자신이 쓴 소설을 단체 채팅방에 업로드했다. 이백 자 원고지 칠십 매에서 백 매 사이 분량의 소설에 관하여 짧게는 사십 분 남짓, 길게는 한 시간이 넘도록 대화가 이어졌다. 이 과정에서 수강자들은 눈에 띄게 친밀감을 쌓아나갔다. 가끔은 내가 개입하지 않아도—거의 내 존재를 잊은 듯했다—자기들끼리 열띤 토론을 벌였다. 그들은 아주 사적인 질문도, 진솔하다못해 과감한 답변도, 낯부끄러운 개인사도 서슴지 않고 늘어놓았다. 자연스레 그러한 분위기가 형성됐다. 자못 아슬아슬하게 느껴지는 순간이 없지는 않았지만 나는 소란하던 교실 안에 갑자기 정적이 흐를 때, 바로 그 순간이 그들을 해방시키고 있음을 느꼈다. 결속시키고 있음을 느꼈다. 수업을 연 입장으로서 그건 정말이지 흐뭇한 일이었다.

그렇게 화목한 분위기 속에서 마지막 수업까지 마쳤을 때였다. 수강자들은 후련한 듯 아쉬워하는 기색으로 자리에서 일어나 가방을 챙겼다. 바로 교실을 떠나지는 않았고 삼삼오오 모여서는 합평 때 미처 하지 못했던 이야기를 나누었다. 조교가 뒷정리를 하기 위해 나타났을 때에야 우리는 다 같이 교실을 빠져나왔다. 어두침침한 계단을 내려가 아카데미 건물을 벗어났고, 보도블록이 깔린 좁은 길에서 잠시 서로를 마주보며 서 있었다. 그때 밤하늘에서 하얗고 차가운 조각이 하나둘 떨어져 내리기 시작했다.

"눈이다."

우리는 그것을 올려다보며 서 있었다. 새카만 먹빛 하늘에서 온 세상을 뒤덮을 기세로 펑펑 쏟아져 내리는 흰 눈송이들을. 그 순간 나는 끝이구나, 하고 생각했다. 이걸로 끝이야, 우리는 다시 만날 수 없을 거야. 생각이라기보다 어떤 확신에 가까웠다. 어째서 그랬을까.

몇 번의 계절이 지나고 나는 퇴근길에 합정역 지하 통로에서 당시 수강자 중 한 명을 우연히 마주쳤다. 반가운 마음에 다가가 알은체했는데, 그는 화들짝 놀라더니 겨우 나를 알아보고 인사했다.

"이 근처에서 일하세요?"

내 물음에 그는 우물쭈물하다가 작은 목소리로 대답했다.

"네, 그래서 매일 여기로 지나다니는데……"

"아, 저도요. 그런데 왜 지금까지 한 번도 못 봤지?"

나는 그와 안부를 나눈 뒤, 혹시 그동안 다른 수강자들을 만난 적이 있느냐고 물었다. 왜냐하면 마지막 수업을 마친 날 우리는 함박눈을 맞으며 근처 호프집으로 이동했고—이대로 헤어지기 아쉽다며 누군가 제안해서였다—그곳에서 자정이 넘도록 화기애애한 술자리를 가졌으며, 나는 수강자들이 헤어지기 직전에 서로 악수하거나 애틋하게 포옹하며 이메일 주소나 전화번호를 교환하는 모습을 목격했기 때문이었다. *꼭 연락해요. 다음에 또 봐요.* 하지만 그는 내 질문에 다소 곤란해하는 표정을 지었다.

"음, 그럴 리가요."

머뭇대다가 덧붙였다.

"그건 너무…… 이상한 일이잖아요."

뭐가 이상하다는 건지 알 수 없었으나 나는 고개를 끄덕였다. 우리는 헤어졌고, 이후로 다시는 그 통로에서 마주치지 않았다.

○

그러고 보니 스물한 살에 군에 입대하여 본 광경이 떠오른다. 불볕더위가 한창이던 7월이었을 것이다. 당시에 나는 경상남도 진주에 위치한 공군 기본군사훈련단에 있었다.

난생처음 머리를 빡빡 깎은 채 낯선 남자들 틈바구니에서 오와 열을 맞추며 걷던 시절. 지나치게 빳빳하게 다려진 군복을 입고서 한쪽 어깨에는 묵직한 M16 소총을 멘 채 종일 야

외에서 땀을 쏟으며 훈련받던 시절. 빨간 모자를 쓴 교관에게 시도 때도 없이 윽박에 가까운 명령을 들으며 엎드리라면 엎드리고, 일어나라면 일어나고, 먹으라면 먹고, 자라면 자는 시늉까지 하던 시절. 화생방 훈련이랍시고 허름한 폐건물에 갇혀 양옆에 선 동기들의 어깨를 꽉 붙든 채—누구 하나라도 중간에 도망치면 모두가 얼차려를 받았으므로—최루가스에 눈물 콧물 침까지 질질 흘리던 시절. 불 꺼진 숙소에서 몰래 잡담을 나누다가 입소한 이후로 열흘 넘게 똥을 못 쌌다고 서로 고백하며 낄낄 웃던 시절. 뭉치면 살고 흩어지면 죽는다는 구호를 사흘 내내 이어지는 백 킬로미터 행군중에 목이 터져라 외치다가 정말로 모두와 하나가 된 듯한, 난데없는 일체감에 눈물이 찔끔 나오기도 하던 시절……

마침내 우리는 육 주간의 고된 훈련을 마친 뒤 자신의 군복에 이등병 계급표를 스스로 바느질하게 되었다. 수료식 날 정오가 되자 군용품을 가득 욱여넣은 더플백을 메고 모래 먼지가 풀풀 날리는 연병장으로 모여들었다. 폭염주의보가 내린 와중에 땡볕 아래에서 한 시간 가까이 훈련소장의 훈화를 들었지. 애국가를 사 절까지 열창하는 것을 끝으로 그동안 희로애락을 함께했던 동기들과 마지막으로 인사 나누는 시간을 가졌다.

그때 빡빡머리의 훈련병들은—검붉게 그을린 얼굴에 꼬질
꼬질했던 남자들은—서로를 흘끔거리다가 하나둘씩 울음을
터뜨리기 시작했다. 누가 처음으로 울었는지 알 수 없을 정도
로 그들 사이에서 눈물은 걷잡을 수 없이 번져나갔다. 나는
그토록 많은 수의 성인 남자가—칠백 명쯤 되었다—울음소
리를 내며 서로를 부둥켜안는 모습을 처음 보았다(물론 예외
는 있었다. 얘네 왜 이래? 하면서 그 광경을 멀뚱히 지켜보기
만 하던 이들. 나도 그중 하나였다). 당시에 그들은 얼굴을
잔뜩 일그러뜨린 채 서슴없이 흐느꼈고, 그 와중에 펜과 수첩
을 꺼내 연락처를 교환했다. 첫 휴가를 나가서 꼭 다시 만나
자고, 자대에 가서도 소식을 나누자고 몇 번이나 다짐했다.

그렇지만 내가 알기로 첫 휴가—백일 휴가—중에 훈련소
동기를 만났다는 사람은 한 명도 없었다. 두번째 휴가 때도,
세번째 휴가 때도 마찬가지였지. 훈련소 시절을 이야기하면
선임이고 후임이고 예외 없이 수료식의 울음바다를 어렵지
않게 기억해냈다. 그러나 연락처를 교환했던 이와 그날 이후
로 다시 소식을 주고받았다는 사람은 아무도 없었다.

"미쳤냐. 걔들을 왜 만나."

반응은 비슷했다.

"뭐 좋은 기억이라고. 상상만 해도 징그럽다, 징그러워."

하지만 나는 훈련소에서 그들이 흘린 눈물은 진짜였으리라 생각한다. 그 모습을 직접 목격했던 사람으로서, 적어도 당시에는 모두가 진심이었으리라 믿어 의심치 않는다.

하지만 그들은 다시 만나지 않았다. 누구도 서로에게 연락하지 않았다.

○

인간은 왜 그럴까, 생각하다보면 자연스레 내가 지닌 모순에 대해서도 되짚어보게 된다. 나 역시 내가 왜 그랬는지 설명할 수 없는 경우가 더러 있으니까. 살다보면 누구나 그런 일을 겪는다는 걸 알게 되니까.

얼마 전까지 내가 담당 편집을 맡았던 원고에는 회사생활에 대한 이야기가 많았다. 일명 '직업 앤솔러지'로 기획된 산문집이라 그랬다. 그 무렵 베스트셀러 상위권을 차지하고 있던 도서들을 참고한 기획이었는데, 운좋게도 다양한 업계에서 꽤나 이름을 알린 여성들이 흔쾌히 필자로 참여해주었다.

'우리는 왜 일하는가'라는 주제로 쓰인 에세이들이 반년에 걸쳐 차례로 입고되었다. 늦어서 죄송하다는 인사와 함께 마지막 원고가 메일함에 도착했을 때, 나는 그동안 모아둔 글을 전부 출력해 회사에서도 읽고 집에 가져가서도 틈틈이 살폈다. 그러다가 원고 전체를 관통하는 일련의 메시지를 발견했다. 상호 일면식도 없고, 활동하는 분야나 경력도 전부 다른 필자들이 거의 동일한 요지의 이야기를 들려주고 있었다. *왜 일을 하느냐고? 산다는 것이 일하는 것이니까. 내게는 일이 곧 삶이니까.*

예를 들어볼까. 한 필자는 글의 도입부에서 언니와 형부의 결혼 십 주년을 축하하기 위해 말썽꾸러기인 조카를 종일 돌보겠다고 자처한다. 그는 새벽같이 일어나 도시락으로 김밥과 유부초밥을 싸고 부루퉁한 얼굴의 아홉 살 남자아이를 픽업해 놀이동산으로 향한다. 가는 도중에 녀석이 멀미를 해 카시트에 토한 것을 치우고, 목적지에 도착해서는 조카가 괴성을 지르며 바닥에 드러누울 때마다 어르고 달래느라 진땀깨나 흘린다. 그는 소란중에 카드지갑을 분실하기도 하고(다행히 되찾는다), 놀이기구 안전장치에 머리카락이 끼어 망신을 당하기도 한다. 그렇게 너덜너덜해진 몸과 마음으로 조카를 바래다주고 집으로 돌아오는 길에 불현듯 인사관리 시스템의 허점과 보완책을 떠올린다.

다른 필자는 거실 천장에서 누수를 발견한 뒤로 분노에 치를 떠는 나날을 보낸다. 밉살맞은 성격의 집주인과 밤낮없이 메시지를 주고받으며 신경과민에 시달리다못해 불면증까지 앓는다(그는 처방받은 수면제를 복용하고 어렵사리 잠들었다가 빗속을 정처 없이 헤매거나 어느 집 현관문을 부술 듯 두드리는 꿈을 꾸고 깨어난다). 그러던 중 까다롭기로 소문난 거래처와의 미팅에서 집주인이 구사했던 대화 패턴을 그대로 역이용해 놀라운 승리를 거머쥔다.

또다른 필자는 번아웃으로 인해 사직서를 제출하는 장면으로 글을 시작한다. 그는 탈진한 상태에서 짐 가방을 꾸리고 가장 빠르게 탑승할 수 있는 비행기에 몸을 싣는다. 지구 반대편으로 날아가서는 휴대전화며 텔레비전이며 전자기기는 일절 거들떠보지도 않는다. 그런데 한 달 남짓한 디톡스 과정을 거치는 동안—해변에서 비키니 차림으로 태닝하거나 서핑을 가르쳐주던 금발의 청년과 끈적한 눈빛을 주고받는 와중에도—머릿속으로는 쉬지 않고 사업 아이디어를 구글링한다. 어느 밤에는 남자를 일방적으로 바람맞히고 호텔방으로 돌아와 노트북을 켠다. 금단증상을 억누르지 못해 다시금 약에 손대는 중독자처럼 몸을 떨며 새로운 프로젝트 안을 작성하기 시작한다. 그는 이따금 거울을 흘깃거리며 스스로를 힐난하지만—"너 지금 뭐하니?"—자정 무렵 호텔 비즈니스

SINCE 1993 MUNHAKDONGNE

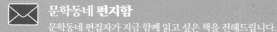

새해 계획으로 '거짓말을 하자'를 일기장에 적어넣는 사람은 없을 테지요. 흔히 거짓말은 해서는 안 되는 것으로 여겨지니까요. 거짓말은 누군가와 진실되게 교류하는 데에도 방해물로 생각됩니다. 거짓 없이, 비밀 없이 자신의 마음을 훤히 보여줘야 누군가를 이해할 수 있다고 말입니다. 하지만 어떤 관계는 거짓말을 통해 비로소 시작되고, 어떤 비밀은 다른 무엇보다 누군가를 온전하게 드러내주는 장치일 수 있습니다. 김애란 작가의 소설, 『이중 하나는 거짓말』 이야기입니다.

한편 어떤 사람에게 삶은, 마치 영원히 끝나지 않을 것만 이야기일 수도 있습니다. 그것이 무섭고 두려운 이야기라면 그 사람이 바라는 것은 당연히 이야기의 끝이겠지요. 그래야 새로운 이야기를 시작할 수 있을 테니까요. 『이중 하나는 거짓말』은 다른 사람의 도움을 기대할 수 없어 혼자만의 이야기에 갇혀 있던 세 아이가 자신과 비슷한 어둠 속에 있던 서로를 알아보는 이야기입니다. 그 만남을 통해 새로운 서사, 그러니까 새 삶의 가능성을 발견하는 이야기입니다.

소설에는 이런 문장이 나옵니다. "우리 좋은 직선을 그려보자." 그 선은, 우리가 흔히 떠올리는 일직선이 아닌 삐뚤빼뚤 구부러지고 위로 솟구치며 아래로 하강하는, 즉 심장박동 그래프와 닮아 있습니다. 어떤 모양으로 나아갈지 예측할 수는 없지만, 우리의 심장이 강렬하게 뛰고 있다는 사실을 증명해주는 그 직선을 생각하며 한 해 동안 다들 좋은 선을 그려나가시길 바라겠습니다.

_N (문학동네 국내문학 편집자)

라운지에서 잉크젯프린터가 끽끽대며 제안서를 출력하는 동
안에는 뜨거운 희열에 휩싸인다. 방으로 돌아와 캔맥주를 벌
컥벌컥 마시며 "나는 또다시 그 세계로 돌아왔고, 비로소 살
아 있음을 느꼈다"고 쓴다.

이렇듯 필자들은 자신의 업을 소명처럼 받아들이는 경향이
있었다. 사적인 생활 속에서도 업무와의 연관성을 찾아내고,
순전히 자발적으로 그것을 직무에 동원하거나 응용했다. 진저
리를 내며 도망쳤다가도 오래지 않아 제자리로 돌아왔다. 지
독한 워커홀릭이라 치부하고 넘길 수도 있겠지만, 나는 이 원
고들을 반복해 읽는 동안 필자들이 일보다 어떤 기이한 상태
에 중독된 것이 아닐까 싶었다. 자신을 투사할 수 있는 대상
에 집착하고 과몰입하는, 그리하여 트랜스trance 상태에 빠져
드는 과정을 진정한 삶으로 여기는 것이 아닐까 하고 말이다.

나는 그 원고를 열흘 가까이 지니고 다니며 읽었다. 그리고
고민 끝에 같은 팀 동료에게 책임편집을 넘기기로 결정했다.
원고 수합까지 마치고서 담당을 포기한 것은 그때가 처음이
었다.

"괜찮으시겠어요?"

동료는 내게 몇 번이나 물었다.

"기획부터 필자 선정까지 직접 다 하셨잖아요. 영업부에서도 꽤 기대하는 책인데, 이렇게 넘겨주는 게 아깝지도 않으세요?"

나는 아깝지 않다고 말했다. 듣기 좋으라고 둘러댄 말이 아니라 진심이었다. 그러면서 내가 왜 이러는 걸까 자문해보았다. 내가 그 원고를 맡을 수 없는 이유는 무엇일까. 이 결정을 설명할 수 있는 날이 오기는 할까.

○

며칠 후 동료는 내게 책을 한 권 선물했다. 원고를 넘겨준 것에 대한 답례라기보다 자기도 뭔가를 줘야만 마음이 편할 것 같다고 했다. 그런 이유라니 거절하기 어려웠다. 그 책은 브라이언 딜런의 『에세이즘』이었다.

흰색 양장본의 표지를 들춰보니 연갈색 면지에 인쇄된 저자의 약력이 보였다. 그중에서 "부모의 이른 죽음과 경제적 궁핍, 우울증 등이 거듭 발목을 잡았으나 그런 만큼 읽기와 쓰기에 매진하며 살아냈다"라는 문장이 눈에 들어왔다. 나는 퇴근길 지하철에서 그 책을 읽기 시작했다. 그런데 초입의 몇몇 글—인용을 통한 말장난, 에세이의 기원 설명 등—에서 좀 질려버렸고, 책을 덮어둔 채 한동안 거들떠보지도 않았다. 그러다가 무슨 연유에선지 다시 그 책을 집어 아무데나 펼쳐서 읽던 중 예기치 못한 감명을 받았다. 바로 「위안에 관하여」라는 글에서였다. 나는 그제야 저자의 약력에서 언급된 '우울증'이라는 병명이, '거듭 발목을 잡았다'는 표현이 납득되었다. 그 글에서 브라이언 딜런은 정말이지 죽지 못해 사는 사람 같았기 때문이다.

다시금 약력을 들춰보니 저자는 학창시절에 자크 데리다, 발터 벤야민, 조르조 아감벤, 장 보드리야르 등에 심취했으나 가장 열광한 작가는 롤랑 바르트였다고 쓰여 있었다. 그래서인지 딜런의 저서 중에는 『어두운 방』도 있었다. 나는 새삼스레 책의 목차를 훑어보았다. 그러다가 「위안에 관하여」라는 글이 네 편 더 수록되어 있음을 알게 되었다. 한 권의 책에 같은 제목의 글이 다섯 편이나 실려 있다는—그게 우울증 환자가 쓴 '위안'에 관한 글들이라는—사실이 순간 내 가슴을 뭉클하게 했다.

두번째 「위안에 관하여」에서 딜런은 영국 남동부의 마게이트라는 해안 도시에서 머물렀던 기억을 떠올린다. T. S. 엘리엇이 「황무지」를 쓴 도시에서, 사방의 벽이 종잇장처럼 얇고 허름한 건물에서 지냈던 나날을 담담한 어조로 술회한다. 저자는 아무때나 고성을 질러대고 물건을 함부로 바닥에 내던지는 이웃들 탓에 고통스러워한다. 소음을 견디기 어려울 때마다 그는 지하 주차장으로 내려가 줄담배를 피우며 이웃들이 전부 죽어버리기를 소망한다. 도무지 잠을 이룰 수 없는 밤에는 T. S. 엘리엇의 「사중주 네 편」을 낭송한 음반을 듣던 중 몸을 벌떡 일으켜 밖으로 뛰쳐나가는 상상을 한다. 이 분 거리에 있는 절벽으로 내처 달음박질하여 아무 미련 없이 바다에 몸을 던져버리는 상상을.

그런 그도 가끔은 생을 향한 애착을 드러내고야 만다. 한밤중 어느 친구와 함께 시내에서 집까지 걸어오곤 했다는 일화가 그렇다. 그 친구는 집으로 향하는 가장 빠른 경로가 아니라 바닥에 유리 파편이 잔뜩 흩뿌려진 골목으로 굳이 돌아서 가기를 원했다고 한다. "가로등 불빛과 빗물과 깨진 유리 사이에서 만들어지는 우연한 결합"을 딜런과 함께 목격하고 싶어했다고. 딜런은 그 길을 친구와 함께 거닐면서, 바닥에 흩뿌려진 빛점들을 내려다보면서, 마치 별자리 위를 가로지르는 듯한 기분을 느꼈다고 쓴다. 반짝이는 성운들을 관통하며 죽음의 순간을, 동시에 탄생의 순간을 감지했다고. "이런 것들을 누가 보라고 하지 않아도 알아볼 수 있는 사람, 내가 그런 사람이었으면 좋겠다"고도 쓴다.

이쯤에서 고백해야겠다.

나는 이 대목을 읽으며 딜런이 *당연히* 동성애자일 거라 여겼다. 그와 함께 시내에서 집까지 걸어오곤 했다는 친구를 그의 숨겨진 파트너로 치환해 읽었다. 어째서 그랬을까. 평소에도 나는 저자가 의도적으로 불분명하게 처리해놓은, 문장과 문장 사이에 뚫려 있는 구멍들을 통해 이러한 확신에 빠지곤 했다. 내 멋대로 추측하고 판단하여 저자를 *나와 같은 사람*으로 읽어내고야 마는 것이다.

그렇지만 딜런이 게이가 아니라는 사실은 네번째 「위안에 관하여」에서 버젓이 드러난다. 그가 에밀 시오랑의 『절망의 언덕에 올라』와 함께 느닷없이 "여자친구"의 존재를 언급하기 때문이다. 맙소사. 나는 그 단어가 지면에 등장하기 전까지만 해도 잇달아 우울 증세를 털어놓는 저자에게 거의 동지의식을 느끼고 있었다. 그와 거의 일체된 것 같았고, 독서 내내 정말로 위안을 얻는 듯했다. 심지어 그가 침실 벽에 알브레히트 뒤러의 〈멜랑콜리아 I〉 복제화를 붙여놓았다고 서술한 대목에서는 놀랍고도 반가운 기분으로 책에서 시선을 들어올려 내 방 한쪽 벽에 붙여놓은 라스 폰 트리에의 〈멜랑콜리아〉포스터를 응시하기도 했다. 하지만 그의 "여자친구"가 지면에 등장한 이후로 나는 조금씩 데면데면하게 글을—그를—읽게 되었고, 다섯번째 「위안에 관하여」를 완독한 뒤에는 더이상 그 책에서 아무런 감흥도 느낄 수 없었다. 심지어 그전에 얻었던 감명의 흔적조차 사라지고 없었지. 얼마 후 나는 관심을 보이는 지인에게 그 책을 줘버렸다. 돌려주지 않아도 된다는 말과 함께. 그리고 나니 다시금 혼자가 된 기분이었다.

○

내 방에는 여러 장의 이미지가 붙어 있다.

라스 폰 트리에의 〈멜랑콜리아〉뿐 아니라 미아 한센 러브의 〈다가오는 것들〉, 셀린 시아마의 〈쁘띠 마망〉, 에드워드 양의 〈하나 그리고 둘〉 포스터도 붙어 있다. 한때 티모시 샬라메와 아미 해머가 서로에게 몸을 기대고 있는 장면이 담긴 〈콜 미 바이 유어 네임〉 포스터도 붙여놓았으나 어느 날엔가 떼어버리고 없다.

책상과 맞닿은 벽에는 클로드 모네의 〈파라솔을 든 여인〉 그림엽서를 중심으로 언젠가 아트북 페어인 언리미티드 에디

션에서 구입한 비눗방울 사진, 창문에 부딪혀 죽은 참새들 사진, 고양이 사진, 그리고 내 어린 시절의 사진이 두어 장 붙어 있다. 이중에서 매번 내 눈길을 끄는―소설을 쓰다가 이따금 올려다보곤 하는―이미지는 대여섯 살의 내가 커다란 갈색 말을 타고 있는 사진이다. 엄마 말에 따르면 미싱사 친목계 회원들과 함께 가족 여행을 떠났을 때 촬영한 것이라 한다.

세월이 흐른 만큼 빛바랜 사진 속에서 나는 흰색 코듀로이 상의에 적갈색 멜빵바지 차림으로 말 위에 앉아 있다. 조막만 한 손으로 안장에 달린 검은색 고리를 꽉 붙들고 있다. 겁에 질려 두 눈은 질끈 감았으나 입술은 살짝 벌린 채, 온몸으로 전해져오는 위태로움을 은근 즐기는 표정이다. 한편 갈색 말은 태어나서 한 번도 거역이란 걸 해본 적이 없는 듯한 몸짓으로 걸음을 옮기고 있다. 내 등뒤로 햇빛이 내리비치는 와중에 촬영된 이미지여서 말의 목덜미와 얼굴에는 짙은 그늘이 드리워져 있다. 고삐를 쥔 마부는 검은색 카우보이모자에 검은색 가죽점퍼, 청바지, 검은색 가죽 부츠 차림이다. 그는 말보다 두어 걸음 앞서가느라 사진에는 절반의 모습만 담겼다. 얼굴과 앞으로 쭉 뻗은 왼팔, 오른다리는 프레임 바깥으로 잘려 나가 있다. 그래서인지 사람이라기보다 고삐를 쥔 마네킹처럼 보이기도 한다.

가장 기이한 것은 이 사진이 찍힌 장소일 것이다. 승마장이나 사육장 같은 곳이 아니라 배경으로 흰색 승용차와 화물 트럭이 나란히 주차되어 있는, 더덕구이와 쏘가리매운탕을 전문으로 하는 식당들이 즐비한 관광지 거리의 한복판에서 찍혔다는 것. 대체 이곳은 어디일까. 언젠가 사진을 보여주며 물었을 때 엄마는 눈만 깜박거릴 뿐 알 수 없다고 했다. 오래전 일이어서 기억나는 것이 거의 없다고. 실은 이 장면을 촬영한 사람이 누구인지도 모르겠다고 했다. 그러면서 이 사진이 어째서 내 책상 위에 붙어 있는 거냐고 묻기도 했지.

"어떻게 하나도 몰라?"

"모를 수도 있지, 왜?"

"아니, 내 어릴 적 사진이 몇 장 되지도 않는데, 엄마라는 사람이……"

"그럴 수도 있지, 왜?"

아무것도 알 수 없지만 사진은 남아 있고, 세상에 단 하나뿐일 그 이미지 속에서 앳된 얼굴의 나는 두 눈을 꼭 감은 채 말을 타고 있다. 말은 마부의 손에 이끌려 어디론가 향하는 중인데, 그는 얼굴이 없어 누구인지조차 알 수 없다.

브라이언 딜런이 열광한 작가 롤랑 바르트는 그의 저서

『밝은 방』에서 이렇게 쓴 바 있다. 사진에 담긴 여러 요소 중 관찰자인 자신을 날카롭게 찌르는 것이 바로 푼크툼punctum 이라고, 푼크툼이 무엇인지를 제시하는 작업이 바로 자기 자신을 토로하는 일이 되리라고 말이다.

말의 고삐를 잡아당기는, 알 수 없는 이의 손.
지금도 나는 글을 쓰다 말고 그 손을 올려다보고 있다.

남자들

아버지.

그에 관한 기억은 하나도 남아 있지 않다. 아버지가 갓난아기인 나를 품에 안거나 기저귀를 갈아주거나 이부자리에 눕혀 가슴을 토닥이며 잠들 때까지 자장가를 불러준 적이 있을 수는 있겠지만 나한테 그런 기억은 전무하다. 너무 어렸을 적의 일이니까. 어떤 인상을 가져볼 새도 없이 작별을 치러야 했으니까.

엄마는 자식들 앞에서 아버지에 관한 이야기를 일절 꺼내지 않았다. 말하기 싫은 것인지 할말이 없는 것인지 가늠할 수 없을 만큼 침묵으로 일관했다. 처음에는 형 앞에서 죽은 아버지에 대해 이야기하는 것이 조심스러워서일까 싶었는데, 비단 그런 이유만은 아닌 듯했다. 사춘기 무렵 나는 엄마에게 수차례 캐묻다가 지쳐 포기했다. 아버지가 교통사고로 돌아가셨다는 건 일찍이 동네 아주머니들의 대화를 엿들어 알 수 있었지만—형을 볼 때마다 뒤에서 쑥덕거렸으니까—그 외에 대한 정보는 알 길이 없었다. 엄마는 사고 이후로 모든 친척과 왕래를 끊었고, 그래서 나는 고등학교에 입학할 때까지 내게 고모나 삼촌이 있다는 사실조차 몰랐으니까(나중에서야 알게 된 사실인데 친가 쪽에서는 엄마를 남편 잡아먹은 년이라며 상당히 못살게 굴었던 것 같다. 외가 쪽 사람들은 이를 모른 체했고 말이다). 그렇다보니 나는 서른일곱 살이 된 지금까지도 아버지가 어떤 사람이었는지 들은 바가 거의 없다. 직업은 무엇이었고 어떤 방면으로 재능을 보였으며 꿈은 무엇이었는지, 엄마를 얼마나 사랑했고 형과 나를 어떠한 표정으로 바라보곤 했는지, 정말 내 아버지가 맞기나 한지 등등 무엇 하나 제대로 아는 바가 없다.

그나마 내가 알아낸 거라곤 어릴 적에 안방 수납장을 뒤지다가 우연히 발견해낸, 희부옇게 바랜 사진 몇 장에서 본 이십대 청년인 아버지의 모습이다. 그러니까 우리 형제가 태어나기도 전에, 어쩌면 엄마를 만나기도 전에 촬영된 이미지들.

그 속에서 아버지는 키가 훤칠하고 어깨는 떡 벌어졌으며 피부는 살짝 그을린 구릿빛이다. 정갈하게 가르마를 탄, 어깨까지 늘어뜨린 장발에 눈부시게 흰 반팔 셔츠와 정장 바지, 연갈색 가죽구두 차림이다. 입가에는 희미한 미소를 띠고 있다.

사실 내가 본 사진들 속에서 아버지는 헤어스타일도, 복장도, 표정도 다 달랐는데 그날 이후로 나는 언제나 그 모습의 아버지를 떠올렸다. 누군가 내게 아버지에 대해 물으면 머릿속으로 바로 그 모습을 떠올릴 정도였지.

심지어 꿈속에서도 그랬다.

나는 사춘기에 들어서면서 아버지가 등장하는 꿈을 꾸곤 했는데, 이제 와 생각하면 구체적인 정보랄 게 하나도 없는 이가—그래서 겉모습 외에는 내가 창작해야 하는 인물이나 다름없는 이가—꿈속에 나타난다는 건 어떤 의미로는 축복이었고 다른 의미로는 저주였던 것 같다.

꿈속에서 아버지는 늘 다정하고 너그러운 미소를 띤 채 내게 걸어온다. 광활한 지평선 너머에서 황금빛 햇살을 등진 채 어슴푸레한 실루엣으로 서서히 다가온다. 나는 낡고 삐걱거리는 나무의자에 앉아 있다. 두 손은 등받이 뒤로 밧줄에 꽁꽁 묶인 채, 허리와 발목도 밧줄에 매여 옴짝달싹할 수 없는 신세로 말이다.

아버지.

나는 매번 그렇게 외치려는 순간에야 내 입에 재갈이 물려 있음을 깨닫는다.

아버지는 그런 나를 구해주기 위해 천국에서 내려온 사람처럼 보인다. 결박된 내 처지에 아랑곳없이 산책이라도 나온 듯 여유로운 걸음걸이라는 점 외에는―어쩌면 그래서 더욱 ―완벽한 존재처럼 느껴진다.

으버지(아버지).

나는 재갈을 잘근잘근 씹으며 중얼거린다.

빠이 아 어시고 모애오(빨리 안 오시고 뭐해요)?

그렇게 원망의 눈초리를 보내다보면 어느새 그는 내 앞에 우뚝 서 있다. 양손을 허리에 짚은 채 온화한 눈빛으로 나를 굽어살핀다. 의자 주변을 느릿하게 한 바퀴 돌면서 아들이 어떤 상태인지를 확인한다.

드아주세오(도와주세요).

나는 그를 올려다보며 간청한다.

이어 조 푸어다하오요(이것 좀 풀어달라고요).

아버지는 고개를 끄덕이며 다시금 내 앞에 선다. 은은한 미소와 함께 한 걸음 다가와서는 자신의 셔츠 단추를 하나씩 풀기 시작한다. 내가 의아해하며 올려다보는 사이 마지막 단추까지 풀어젖힌다. 다만 셔츠를 벗어던지지는 않고—갈라진 가슴골과 복근을 드러낸 채—한쪽 무릎을 바닥에 꿇고 앉는다.

나는 그 꿈을 수없이 꾸었음에도 매번 무슨 상황인지 알아차리지 못한다. 새삼스레 놀라워한다.

아버지는 두 손을 뻗어 내 바지의 벨트를 풀기 시작한다. 철그렁거리는 쇳소리가 나고, 내가 영문을 몰라하는 동안 그는 능숙한 손놀림으로 내 바지를 끌어내린다. 단숨에 팬티까지 벗긴다.

으버지(아버지)!

나는 눈을 동그랗게 뜬 채 그를 쳐다본다.

지그 모아이는 거에오(지금 뭐하시는 거예요)?

그는 망설임 없이 내 성기를 움켜쥔다. 얼음장처럼 차가운 손길에 나는 전율한다. 어깨를 한껏 움츠린 채 등줄기를 따라 소름이 돋아나는 것을 느낀다. 아버지의 손은 리드미컬하게 움직인다. 나는 온몸을 버둥거리며 저항한다. 고함도 친다. 그러나 얼마 지나지 않아 소용없음을 깨닫고 힘없이 체념하기에 이른다. 그에게 모든 것을 내맡긴다. 나는 창백한 손의 움직임과 아버지의 은은한 미소를 번갈아 본다. 내 의지와 상관없이 점점 커져가는 성기를 응시한다. 부들부들 떨면서 고개를 뒤로 젖힌다. 종내 가느다란 신음을 토해낸다.

아버지.

그의 손에 사정한다. 동시에 나는 누군가가 내 얼굴에 찬물이라도 끼얹은 듯 화들짝 놀라며 꿈에서 깨어난다. 상체를 벌떡 일으켜 앉는다. 이불을 걷어젖히고 더듬어보면 아랫도리는 끈적하게 젖어 있다.

나는 이런 꿈을 이십대 중반까지 빈번하게 꾸었다. 대학교를 졸업한 뒤로도 잊을 만하면 한 번씩 꾸었다. 삼십대가 되어서는 전혀 꾸지 않았다.

아버지가 대신 수음해주는 꿈을 꿀 때마다 나는 한밤중에 일어나 속옷을 들고 까치발로 거실을 가로질렀다. 안방 문 너머에서 엄마가 낮게 코고는 소리를 들으며 욕실로 들어갔다. 나는 세면대에 물을 가득 받은 뒤 세제를 풀었다. 속옷을 담가 맨손으로 세탁했다. 손빨래를 하던 중 거품이 부옇게 일어난 수면을 내려다보며 대체 무엇이 문제일까 생각했던 기억이 난다. 나는 어디서부터 잘못된 것일까. 어째서 이런 꿈을 꿀까. 내 안에는 왜 이런 욕망이 도사리고 있을까. 무슨 죄를 지었기에 이런 벌을 받는가.

첫 책을 출간하고 몇몇 인터뷰에서 들었던 질문이 떠오른다.
"자신이 남들과 다르다는 걸, 퀴어라는 걸 깨달은 순간이
있다면 말씀해주실 수 있을까요?"

그때마다 머릿속을 스치는 몇 개의 장면이 있었고, 그중 하
나는 언제나 아버지가 등장하는 꿈이었다. 아버지의 손에 사
정하는 이미지였다. 하지만 그런 이야기를 입 밖에 꺼내놓을
수는 없었다. 누구도 그런 이야기를 원하지 않았으니까. 심지
어 나조차 원하지 않았다. 그러므로 나는 매번 답변을 꾸며냈
다. 누구나 납득할 만한, 듣기에 심히 거슬리지 않을 만한 이
야기를 들려주었다. 그러면 모두가 고개를 끄덕였다.

돌이켜보면 좀 우스운 구석이 있다. 자신이 남들과 다르다
는 걸 깨달은 순간이라니? 사람은 누구나 저마다의 특성으로
타인과 구별되지 않는가. 모두가 예외 없이 서로에게 별종이
아닌가. 그런데 누군가는 그것을 깨달은 순간부터 자살을 생
각하게 된다.

○

　한때 나는 아버지 또래의 남자들을 만나 섹스했다. 여기서 말하는 아버지 또래란 이십대 청년을 의미하지 않는다. 중년에 접어든 남자들, 내 또래의 자식이 한둘 있을 것 같은 남자들, 그러니까 단순히 나이든 게이가 아니라 결혼한 부인도 있고 장성한 아들도 있을 것 같은 남자들(그런 이들은 딱 보면 알 수 있다. 대부분이 왼손 약지에 결혼반지를 끼고 있거나 휴대전화 바탕화면을 가족사진으로 설정해놓았으니까. 관계중 아내에게서 전화가 오면 아무렇지 않게 받기도 했다. 도무지 그런 걸 숨기려고 하질 않았다), 나는 그런 남자들을 만나 섹스했다.

　그들의 특징은 관계중 절대로 웃지 않는다는 것이었다. 웃음 금지. 그들에게 아들뻘인 남자와의 섹스는 뭐랄까, 아무도 보지 않는 곳에서 닭 잡는 행위에 가까웠다. 종종 그런 느낌을 받았다. 내가 도축당하고 있는 듯한 기분. 그들은 시종일관 강압적이고 무뚝뚝했다. 온몸에—머리부터 발끝까지—힘이 잔뜩 들어가 있었다. 그들과의 섹스는 대체로 즐겁지 않았다. 그럼에도 나는 이따금 그들을 찾아갔다.

　대화도 금지였다(하긴 닭을 잡으면서 무슨 대화를 나눌

까). 사정하기 직전에 으르렁거리듯 욕설을 내뱉는 게 전부였다. 씨발년. 개같은 년. 걸레 같은 년. 좋냐? 좋냐고? 그때마다 나는 그들에게 되묻고 싶었다. 설마 아내분한테도 이러시진 않죠?

한번은 내가 전희 도중에 무슨 생각에선지 우스운 농담을 건넨 적이 있었다. 아마도 그런 걸 한 번쯤 시도해보고 싶었던 모양이다. 하지 말아야 할 것 같은 일을 기어이 해보고 마는 성정 탓일 수도 있고 말이다. 그러자 그는 화난 교감 선생님처럼 노여워하는 얼굴로 나를 쏘아보았다. 씩씩거리며 몸을 일으키더니 나를 강제로 엎드리게 만들었다. 거칠게 삽입했고, 버르장머리없는 자식을 혼내듯 엉덩이를 철썩철썩 때려가며 섹스했다. 딱히 아프다거나 기분이 나쁘지는 않았다. 오히려 터져나오는 웃음을 참느라 베개에 얼굴을 파묻고 있어야 했다.

그들 중에는 발기가 제대로 되지 않거나(흐물흐물) 어지간히 빨아줘도 사정에 이르지 못하는 경우가 많았다. 그러면 그들은 내 탓을 했다. 내가 그다지 매력적이지 않아서, 내가 아까부터 분위기 깨는 신음을 내서, 내가 수족냉증이어서, 내가 무릎으로 자기 허벅지를 눌러서, 별의별 이유를 다 갖다댔다.

아버지.

그때마다 속으로 생각했다.

지랄을 하세요, 정말.

그들 중에서 두 번 이상 만난 사람은 없었다. 모두 일회성이었고, 그것으로 족했다.

○

살면서 일회성 만남, 소위 '번개'를 몇 번이나 했는지 모르겠다. 열 번까지는 헤아렸던 것 같은데, 이후로는 세지 않아서 알 수 없다.

맨 처음 번개를 하고 귀가하는 길에는 조금 울었다. 슬퍼서 운 것은 아니고 아파서, 어디 잘못되는 건 아닐까 좀 무서워서, 나는 왜 이러고 살까 한심해서 훌쩍거렸다.

천벌을 받을지도 몰라.

그날 나는 집에 도착하자마자 욕실로 향했다. 칫솔에 치약을 듬뿍 묻혀서 혓바닥까지 박박 닦았다. 샤워 타월에 거품을 잔뜩 일으켜 온몸을 구석구석 문질렀고, 쏟아지는 물줄기 아래에서 한참을 서 있었다. 열 번까지는 그런 식으로 자책 비슷한 걸 했는데, 이후로는 점차 무심해졌다. 딱히 그럴 만한 일도 아니지 싶었으니까. 천벌은 이미 받을 만큼 받지 않았나? 어차피 동성애자는 지옥행이라는데 여기서 더 타락하든 덜 타락하든 무슨 차이가 있지?

언제부터인가 나는 생면부지의 남자와 섹스하고 돌아오는 길에 동네 마트에 들러서 장도 보고, 세탁소에 드라이클리닝을 맡겨둔 코트도 찾아오고, 은행 업무도 보고, 분식집에서 순대도 사 먹고, 음악을 들으며 산책도 하게 되었다. 번개를 여가 시간의 스포츠 활동쯤으로 여기게 되었다.

같이 땀 흘리며 몸속의 노폐물을 배출할 사람을 찾습니다.

섹스 파트너를 찾는 일이 테니스, 탁구, 스쿼시, 배드민턴, 캐치볼, 권투, 레슬링, 주짓수, 유도, 펜싱, 태권도 겨루기를 위한 파트너를 찾는 일과 무엇이 다를까 싶었다. 일정한 규칙과 합의하에 서로의 몸을 이용하자는 것뿐이니까. 주기적으로 하는 편이 신진대사에 유익하다는 점까지 그랬다.

그렇지만 가끔은 어쩔 수 없이 한다는 기분이 들기도 했다. 특히 이십대 초반의 나는 성충동에 취약했다. 보이지 않는 그것이 별안간 엄습해오면—아주 맹렬한 기세로 찾아오곤 했다—그때부터 나는 내가 아니었다. 섹스를 하고 나서야—자위는 임시방편에 불과했다—나로 돌아올 수 있었다. '눈이 뒤집혔다'는 표현을 실감하곤 했다. 불현듯 나는 뒤집혔고, 그러면 내가 아니었다. 다시금 나로 돌아오려면, 또 한번 나를 뒤집으려면 섹스를 하는 수밖에 없었다.

번개를 마치고 집까지 털레털레 걸어오는 길에 혼자 생각하곤 했다. 인류가 만들어내야 하는 발명품 중에는 성욕을 제거하는 약이 반드시 포함되어야 한다고 말이다. 그 약을 먹고 내 안의 성충동을 깨끗이 소거해버릴 수 있다면 영원한 안식을 얻게 되리라 여겼다. 나뿐 아니라 세상의 모든 남자를 정신적으로 거세할 수 있다면 비로소 세계에 평화가 도래하리라 생각했다.

삼십대가 되면서 번개의 횟수는 급격히 줄어들었다. 젊음이 지닌 활기와 회복력을 잃은 만큼 성충동 또한 그 위세가 한풀 꺾인 것이었다. 덕분에 나는 섹스중에도 제법 이성을 유지할 수 있었고, 원하지 않는 상황을 맞닥뜨렸을 때에는 단호하게 거절할 수도 있었다.

싫어. 안 할래. 이거 놔. 저리 가.

내가 번개중 처음으로 섹스를 거부한 것은 상대가 콘돔 없이 삽입하려 했을 때였다. 애초에 삽입 섹스를 목적으로 만난 것도 아니었는데 그는 흥분하여 자꾸만 삽입을 시도했다. 내가 웃으면서 몇 번이고 거절하자 나중에는 불같이 화를 내며 삽입 섹스가 자신의 정당한 권리인 양 굴었다("여기까지 와서 안 하겠다고? 장난해? 사람 놀려?"). 그는 내 양쪽 손목을 꽉 붙잡았고 발버둥치지 못하게 온몸으로 내리눌렀다. 나는 저항해보려다가 아무래도 빠져나갈 수 없으리라는 판단에ㅡ그의 완력이 상당했다ㅡ순간 공포를 느꼈다. 어떻게 하면 좋을지 머리를 굴리다가 애써 차분한 어조로 물었다.

"지금 나 강간하려는 거야?"

그는 그걸 원하느냐고 했다. 내 말을 일종의 섹스 플레이 제안으로 여긴 것 같았다. 그래서 나는 단호한 투로 거듭 말했다.

"하지 마. 이거 강간이야."

"억지로 하면 경찰에 신고할 거야."

"놔, 놓으라고. 하기 싫다고."

그제야 그는 황당해하는 얼굴로 힘을 풀었고, 나는 가까스로 그의 품에서 빠져나올 수 있었다. 침대에서 벗어나자마자 나는 바닥에 널브러진 옷을 주워 입기 시작했다. 셔츠의 단추를 차례로 끼우는데 손가락이 덜덜 떨렸다. 옷을 입는 내내 그가 침대에서 벌떡 일어나 내게 주먹을 휘두르면 어쩌나 걱정했다. 그럼 꼼짝없이 얻어터지겠군. 정말로 경찰에 신고해야 하는 상황이 벌어질지도 몰라. 신고를 하면? 경찰은 내게 물을 것이다. 어째서 그토록 늦은 시간에 낯선 남자의 집에 있었습니까. 두 사람은 무슨 관계입니까. 내가 뭐라고 답할 수 있을까. 솔직하게 털어놓으면 경찰이 내 편을 들어줄까. 저는 게이고요. 그 남자에 대해서는 아무것도 모릅니다. 우리는 원 나잇 하려고 만났어요. 삽입 없는 섹스를 약속했죠. 그런데 그가 나를 강간하려 했어요. 과연 경찰이 내 편을 들어줄까.

다행히 폭력 사태는 일어나지 않았다. 다만 그는 내가 방문을 닫고 나오기 직전에 들릴 듯 말 듯 한 목소리로 중얼거렸다.

"별 미친년이……"

나는 헛웃음을 지으며 집으로 돌아왔다. 욕을 먹었음에도 이상하리만치 승리감을 느꼈던—그가 아닌 나 자신에 대한 승리감이었다—기억이 난다.

그 외에도 거절했던 몇몇 행위가 떠오른다.

자기 몸에 오줌을 싸달라는 것, 뺨을 때리게 해달라는 것, 숨이 넘어가기 직전까지 목을 졸라달라는 것, 씻지 않은 발바닥을 정성껏 핥아달라는 것, 며칠 동안 갈아입지 않은 속옷 냄새를 맡으며 하자는 것, 환각성 약물을 복용하자는 것, 영상 촬영을 하자는 것, 셋이서 혹은 넷이서 하자는 것, 항문에 주먹을 넣게 해달라는 것 등이 있었다. 내가 거절한 이유는 그것들을 한 번이라도 시도해봤거나 시도조차 하고 싶지 않아서였다. 안 할래요. 다른 분 찾아보세요. 나는 그것이 무엇이든 간에 그걸 원하는 이들끼리 안전한 수위에서 즐기면 그만이라 여겼다. 그렇기에 내가 원하지 않거나 안전하게 느껴지지 않으면 딱 잘라 거절하는 게 어렵지 않았다(물론 그럴 때마다 "완전 바닐라네" 같은 말을 놀림조로 들어야 했지만 말이다).

오히려 거절하기 애매한 경우가 문제였다.

한번은 멀끔하게 잘생긴 얼굴에 근육질인 청년을 만났다. 그의 원룸은 검은색 가죽소파에 아이보리색 러그, 스테인드글라스가 끼워진 철제 가구 등을 배치해 세련되게 꾸며져 있었다. 욕실도 인테리어 잡지에서 본 것처럼 깨끗하고 번듯했다. 나는 흡족한 기분으로 샤워를 마친 뒤 침대로 올라갔다. 반듯하게 누운 그의 몸을 정성껏 애무했다. 그런데 분위기가 한창 무르익었을 즈음 그가 나직한 음성으로 물었다. 혹시 관계중에 사랑해, 오빠, 라고 말해줄 수 있느냐는 것이었다.

"사랑해, 오빠?"

나는 되물으며 실소했다. 순간 그의 얼굴이 돌처럼 딱딱하게 굳는 것을 보았고, 바로 웃음을 그쳤다. 그가 나를 안고 있던 손에서 힘을 쏙 빼는 것이 느껴졌다. 방안의 분위기가 급속도로 냉랭해졌다. 그래서 나는 하겠다고 했다. 그게 뭐 어렵나? 얼마든지 해주겠다고.

하지만 섹스하는 내내 사랑해, 오빠, 라는 말을 반복적으로 내뱉으며 생각했다. 나는 여자가 아닌데, 널 사랑하지도 않는데, 이건 그냥 섹스잖아, 남자끼리 하는 섹스잖아, 사랑도 없고 오빠도 없는데 왜 너는 여기에 있지도 않은 걸 찾는 거야, 아무리 성행위가 환상에 기반한다지만 이걸 내 입으로 반복해 말하려니 도무지 집중이 안 돼…… 영육이 분리되는 기분이야…… 하지만 그는 내가 만나본 남자들 중에서 손에 꼽을 정도로 미남이었다. 섹스 테크닉과 매너도 나쁘지 않았다. 그래서 나는 그가 원하는 대로 끝까지 했다.

그가 샤워하러 간 틈에 나는 옷을 걸쳐 입으며 방안을 둘러보았다. 어두침침한 풍경 속에서 문가에 놓인 삼단 책장이 눈에 들어왔다. 뭔가 좀 이상한 기분이 들어서 가까이 가 살펴보니 책장 맨 윗 단 바닥에 포켓몬스터 스티커가 쭉 깔려 있었다. 특정 브랜드의 빵을 사면 거기에 딱 하나씩 들어 있는 스티커였다. 그게 얼추 백 개 정도 진열되어 있었다. 한데 포개놓은 것이 아니라 위아래 간격을 맞추어서 나란히…… 아래 칸도, 그 아래 칸도 마찬가지였다. 삼단 책장에 책이라곤 한 권도 없었다. 포켓몬스터 스티커뿐이었다.

나는 무슨 생각에선지 그중 하나를 집어들었다. 노랗고 뚱뚱한 오리가 두 손으로 머리를 감싼 채 이게 대체 무슨 일이야? 하는 표정으로 나를 올려다보고 있었다. 이윽고 욕실 문이 벌컥 열리며 그가 나왔다. 나도 모르게 스티커를 바지 주머니에 쑤셔넣었다.

집으로 돌아오는 길에 그의 메시지를 받았다. 감히 내 고라파덕을 훔쳐? 도둑놈의 새끼, 가만두지 않겠어, 잡히기만 해, 뭐 그런 내용일까 싶어 확인해보았는데 다음에 시간을 맞춰 또 볼 수 있느냐는 것이었다. 나는 망설이다가 그러자고 했다. 그래놓고는 이튿날 점심시간에 샌드위치를 먹다 말고 휴대전화를 집어들어 그의 연락처를 차단했다. 고라파덕 스티커는 동네 어린이집 앞을 지나다가 철제 울타리에 붙여놓았다.

생각해보니 '사랑해, 오빠'와 비슷하면서도 다른 경우가 있었다. 이건 그 끝이 나쁘지 않았다.

이태원의 어느 한적한 골목에 살던, 폴스미스 뿔테안경이 잘 어울리던 남자였다. 그 역시 침대 위에서 몸이 한창 달아올랐을 때 내게 정장을 입어줄 것을 원했다. 그게 뭐 어렵나? 당시에도 나는 대수롭지 않게 수락했다. 그러자 그는 씩 웃는 얼굴로 나를 일으켜세우더니 자신의 드레스 룸으로 데려갔다. 옷장 안에는 깔끔하게 다림질된 수십 벌의 정장이 색깔별로 옷걸이에 걸려 있었다. 그는 내가 입을 와이셔츠부터 넥타이, 조끼, 바지, 벨트, 양말, 구두(이런 플레이를 위한 용도인 듯 밑창이 모두 깨끗했다)까지 직접 골랐다. 내가 넥타이를 맬 줄 몰라 헤매자 직접 포인핸드 스타일로 매듭을 지어주었고, 양말과 구두는 신겨주기까지 했다. 그러면서 자신을 '실장님'이라고 불러달라 했다.

나는 그가 원하는 바를 알 것 같았고 순순히 응했다. 실장님, 저희 이러면 안 되는 거 아니에요? 누가 알게 될까봐 무서워요, 김과장님이랑은 아무 사이도 아니에요, 제발 이러지 마세요, 거긴 안 돼요, 하지 마요, 아, 안 돼, 너무 좋아요, 실장님, 더 해주세요, 더, 더 세게, 뭐 이런 식의 레퍼토리를 펼쳤고 그는 흡족해했다.

흥미로운 점은 그와 상관없이 나는 내 연기에 만족했다는 것이다. 이거 꽤 재미있네…… 그런 생각이 들었고, 문득 예술대학원 시절에 동기들끼리 연구실에 모여 희곡을 읽던 여름날이 떠올랐다. 에어컨도 없던 좁고 후덥지근한 방에서 길쭉한 원목 테이블에 둘러앉아 다들 자기가 연극배우라도 된 양 몰입해 읽곤 했지.

그와 헤어지고 집에 돌아와 오랜만에 책장에서 『오이디푸스 왕』을 꺼내 펼쳐보았다. 페이지를 넘기던 중 과거의 내가 색연필로 밑줄 그어놓은 문장을 발견했다. *당신에게 이 비참한 육신을 선사하기 위해 왔소이다. 보기엔 볼품없는 선물일지 몰라도, 그것으로 얻게 될 이익은 보기에 좋은 선물보다 훨씬 더 클 것이오.*

○

이제 와 생각해보니 내가 번개를 했던 이유는 그 과정에서만 획득할 수 있는 자유로움을 누리기 위함도 있었다. 일생에 걸쳐 오늘 단 하루, 한두 시간 외에 다시는 만나지 않을 이와 섹스하는 것. 그것은 과거와 미래의 나로부터—어쩌면 현재의 나에게서도—뚝 떨어져나오는 듯한 감각을 선사했다. 나는 낯선 장소에서 이름 모를 남자와 알몸으로 뒹구는 동안에 내가 살던 세계로부터 홀연히 해방될 수 있었다. 엄마가 아는 나, 지인들이 아는 나, 회사 동료들이 아는 나, 작가로서의 나는 물론이고 내가 아는 나로부터도 유리되어 일종의 비체卑體/非體가 될 수 있었다. 비체이자 순수한 주체가 됐다. 여기서 순수함은 나를 규정하거나 옭아매는 타의 혹은 자의조차 전무한 진공상태를 의미한다. 한 글자도 쓰여 있지 않은 백지, 아무도 거닐지 않은 눈길로의 진입이랄까.

참으로 아이러니한 일이었다. 사회통념상 지극히 부정하고 타락한 짓을 벌이는 동안에만 생애 근원적 자유로움을 느낄 수 있다니. 나는 오늘 처음이자 마지막으로 만날 남자들 앞에서만 나 자신을 새로이 창조해낼 수 있었다. 나조차 몰랐던 나의 욕구, 한계, 가능성, 용기, 속물성, 페티시, 저열함, 두려움, 너그러움 등을 발견할 수 있었다. 그건 글쓰기와 닮은 구석이 있었다. 나는 백지에 나를 한 줄씩 써내려가면서, 눈 위에 발자국을 꾹꾹 눌러 남기면서 내가 아닌 나를 향해 다가갈 수 있었다. 나를 잃어버리면서 나를 만날 수 있었다.

○

딱히 외모가 마음에 들지는 않았으나 거리가 가깝고 시간이 맞아 찾아간 상대가 있었다. 그의 데이팅 앱 아이디는 'Paul07'이었다. 아직까지도 잊지 못하는 아이디 중 하나이다.

처음 그의 집으로 향하는 길에는 빨리 해치우고 돌아오자, 오늘밤에는 일찍 잠자리에 들어야지, 내일 바쁠 것 같네, 피곤해, 같은 생각만 했다. 상대방에 대한 기대보다는 해소에 대한 욕구뿐이었다.

그는 나보다 대여섯 살 어려 보였는데, 데이팅 앱으로 주고받았던 사진과 별반 다르지 않은 외모였다. 그래서 조금은 철없고 제멋대로이리라 짐작했는데 예상외로 차분하고 다정했다. 섹스하기 전에도—섹스하는 동안에도—능숙하게 리드하는 면이 있어서 나는 절정에 이르기도 전에 그가 꽤 마음에 들었다.

관계 후 우리는 침대에 나란히 누워 천장을 올려다보았다. 가쁜 호흡이 잦아들었을 즈음에는 이런저런 대화를 나누기 시작했다. 처음에는 오늘 낮에 뭘 했는지, 직업은 무엇인지, 커튼은 왜 이런 색깔을 골랐는지 같은 시시한 이야기만 주고받았다. 그러다가 별것 아닌 농담에 둘 다 웃음을 터뜨렸고, 서로의 어깨를 쥐고 흔들거나 목덜미에 얼굴을 파묻기도 했다.

"오, 그랬군요."

"세상에, 별일이 다 있네요."

"들어봐요. 나도 비슷한 상황을 겪은 적이 있어요."

그날 이후 우리는 세 차례 더 만남을 가졌다. 섹스는 평범했지만, 나는 그와 침대에 누워 있는 시간이 아늑하고 좋았다. 나른한 기분으로 천장을 올려다보며 두서없이 대화를 나누는 게 즐거웠다. 내 생각에는 그도 그랬던 것 같다.

한번은 그가 나에게 자신의 아버지와 누나에 관한 이야기를 꺼내놓았다. 그들의 오만함과 대책 없는 삶의 방식, 자신을 향한 터무니없는 기대에 대해 말했다. 듣다보니 그는 가족을 애틋하게 여기면서도 거의 증오했고, 철저히 무시하고 싶어하면서도 그리워했다. 나는 그를 위로하기 위해 엉망진창으로 끝났던 연애와 쓰레기같이 굴었던 남자들에 대해 이야기했다. 말하다보니 누구에게도 꺼내놓은 적 없던 구질구질한 속내마저 토로하게 되었는데, 이래도 괜찮을까 싶으면서도 무슨 상관일까 싶었다. 어차피 이 사람은 내가 누구인지 모르는데, 우리는 서로에게 아무도 아닌데, 이 대화는 발생과 동시에 사라지는 것이나 마찬가지인데.

"힘들었겠어요."

상대의 말을 듣고 나면 우리는 정해진 약속처럼 읊조리곤 했다.

"그래도 다 지나갔네요. 고생했어요."

그렇게 네번째 만났을 때, 나는 천장을 올려다보며 이야기를 늘어놓다가 문득 이걸로 됐다는 느낌을 받았다. *됐어.* 막다른 곳에 다다랐다는 기분보다 절벽 끝에서 마주하게 된 후련함 같은 것이 있었다. 그 역시 비슷한 느낌을 받은 듯했다. 우리는 서로가 그렇다는 걸 말하지 않아도 알 수 있었다.

그 밤 우리는 현관 앞에서 웃으며 헤어졌고—그가 갑자기 손을 내밀며 악수를 청해서 나는 얼결에 그 손을 맞잡았다—이후로 다시는 만나지 않았다. 누구도 먼저 연락을 취하지 않았고, 그렇게 끝났다.

한두 해가 지나서야 나는 다시금 그를 떠올렸다. 업무 미팅을 마치고 회사로 복귀하는 길에 불현듯 그와 손을 맞잡았던 순간이 머릿속에 펼쳐진 것이었다. 그때 내 수중에 들어왔던 그의 손, 부드러운 살결, 단단한 뼈마디, 온기 같은 것이 조금 전에 겪은 일처럼 한꺼번에 밀려들었다. 내가 그의 집을 나와 시원한 밤바람을 맞으면서 느꼈던, 전에는 한 번도 경험해본 적 없던 종류의 흐뭇함까지도.

그런 일이 있었지.

이후로도 나는 그가 떠오를 때마다 생각했다.

충분해. 그거면 됐어.

○

가끔은 살해당하지 않을까 싶기도 했다.

모두가 잠들었을 만큼 깊은 밤, 낯선 남자의 집으로 찾아가는 길에 별안간 그런 우려에 휩싸일 적도 있었다. 생경한 동네의 좁고 비탈진 골목을 걷다보면 심장이 쿵쿵 요동쳤다. 어쩌다가 맞은편에서 걸어오는 사람과 눈이라도 마주치면─상대는 별생각 없었겠지만─죄지은 것마냥 시선을 피하기도 했다.

어렵사리 도착한 집의 외관이 헉 소리가 날 정도로 누추할 때 긴장감은 한층 고조되었다. 가까스로 마음을 다독이며 들어간 집안의 풍경이 과연 사람 사는 데가 맞나 싶을 만큼 너저분하고 음습하면 아, 오늘이 내 제삿날인가? 이 쓰레기통 같은 집에서 무참히 살해되는 건가? 고작 섹스 때문에? 내 시체가 토막 난 채 발견되면 사람들은 뭐라고 생각할까? 엄마는 나를 얼마나 끔찍하게 여길까? 내가 이러려고 여태 아등바등 살았나? 같은 별의별 걱정과 비관이 걷잡을 수 없이 번져나갔다(그럼에도 섹스를 포기하고 도망치지는 않았다. 성충동이란 그만큼 무시무시한 것이다).

하지만 내가 번개를 하려고 만난 남자들 중에서 나를 살해하려 든 이는 한 명도 없었다. 섹스하기 전까지는 서먹하여 무뚝뚝하게 굴어도 침대 위에서 한바탕 뒹굴고 난 후에는 대개가 생글생글 웃는 얼굴로 현관까지 배웅을 나와주었다. 물론 순 제멋대로에 싹수없이 구는 작자들도 있기는 했다. 그런 잡놈들도 있었지. 그렇지만 내 경험상 게이들은 높은 확률로 안전했다. 문제될 만한 상황이 벌어지지 않도록 몸을 사리는 경우가 더 많았지. 그래서인지 가끔, 아주 가끔은 지나칠 정도로 예의바르고 조심성 많은 이를 만나기도 했다. 그의 신중함은 거의 가엾게 여겨질 정도였다. 키스하기 전에 혀를 넣어도 되는지, 속옷을 벗겨도 되는지, 체위는 편안한지 일일이 물었지. 그때 나는 생각했다. 원 나잇 파트너에게도 이토록 절절맨다면 평소에 이 사람은 뭘 어떻게 하고 지내는 걸까. 누가 자신을 불편해할까봐 미워할까봐 얼마나 신경을 곤두세우며 살까. 어쩌면 그의 공손함은 타고난 성품이라기보다 사회적 비난과 폄훼로부터 자신을 보호하기 위해 체득한 호신술 같은 게 아닐까, 하는 생각마저 들었다.

살해당하지 않고 무사히 집으로 돌아오는 길에는 밤하늘에 뜬 달을 올려다보았다. 어린 시절 크리스마스 선물을 받기 위해 교회 십자가 앞에서 무릎 꿇고 외웠던 주기도문을 중얼거리기도 했다. 하늘에 계신 우리 아버지여 이름이 거룩히 여김을 받으시오며 나라가 임하시오며 뜻이 하늘에서와 같이 땅에서도 이루어지이다 오늘날 우리에게 일용할 양식을 주시옵고 우리가 우리에게 죄지은 자를 사하여준 것같이 우리의 죄를 사하여주옵시고 우리를 시험에 들게 하지 마시옵고 다만 악에서 구하시옵소서 나라와 권세와 영광이 아버지께 영원히 있사옵나이다 아멘—

○

가끔은 이런 생각도 든다.

지금까지 나와 몸을 섞었던 모든 남자의 이름을 알고 싶다고. 그 이름들을 어딘가에 적어넣고 싶다고. 하지만 나는 그들의 이름을 모르고, 이제는 얼굴조차 아득하다. 그들 역시 나에 대해서는 아는 바가 없을 것이다. 서로 물어본 적도 없고, 알려줄 의향조차 없었으니까. 나는 앞으로도 그들의 이름을 어딘가에 글로 쓰거나 소리 내어 말할 수 없을 것이다. 우리는 길에서 마주치더라도 서로를 알아볼 수 없을 것이고, 알아보더라도 차마 상대방을 부를 수는 없을 것이기에 한 번도 만난 적 없는 사이나 마찬가지일 것이다. 우리의 섹스는 존재한 적 없을 것이며, 우리는 서로에게 존재하지 않는 존재일 것이다.

없었던 일이나 마찬가지인 이야기.
나만 입다물면 아무도 모를 이야기.
하지만 잊을 수 없는 이야기.

그러므로 쓴다.

○

또 그런 생각이 든다.

당연히 그럴 일은 없겠지만, 만약에 내가 저지른 일들을—이른바 자유분방한 성생활을—엄마가 전부 알게 된다면 어떤 상황이 벌어질까 하고 말이다.

틀림없이 엄마는 두 눈을 부라리며 달려와 내 멱살부터 움켜쥘 것이다. 미친 새끼, 돌은 새끼, 네가 그러고도 사람 새끼냐, 라고 욕설을 퍼부을 것이다. 내 집에서 나가, 당장 나가, 더러운 놈, 하고 소리칠지도 모르지. 제 분에 못 이겨 아아아아악, 하면서 머리를 헝클어뜨리거나 부엌으로 가서 주먹으로 싱크대를 탕탕 내리치거나 프라이팬과 냄비를 바닥에 내팽개칠지도 모른다. 법석을 피운 뒤에는 안방 문을 쾅 닫고 들어가 다른 아주머니들에게 전화를 돌리겠지. *내가 저놈의 새끼를 왜 낳아서 이 고생을 하는지 모르겠어, 자식이라곤 둘뿐인데 한 놈도 제 어미를 위할 줄 몰라, 순 저희만 알아, 어떨 땐 남보다 못한 것 같다니까, 별짓을 다 하고 다닌다니까, 과거로 돌아가서 안 낳을 수 있으면 안 낳을 거냐고? 모르지, 안 낳을 수도 있지, 안 낳을까? 그게 나을까? 그런데 이런 이야기 해서 뭐해, 낳아놓은 걸 다시 집어넣을 수도 없고, 응?* 늘 그랬듯 무자식이 상팔자라는 결론에 도달할 것이고, 흥분이 좀 가라앉으면 요즘 유행하는 나이트크림과 파운데이션이 무엇인지, 노령의 몸에 단백질 섭취와 스트레칭이 얼마나 중요한지, 누구네 집 아저씨가 무슨 암에 걸렸고 보험금으로 얼마를 수령했으며 누구네 집 딸이 백화점에서 뭘 사다주었고 어디로 여행을 데려갔는지를 한참 동안 떠들어댈 것이다. 그러다가 갑자기 다른 할일이 생각났다며 전화를 뚝 끊고 일어서겠지. 화장실에 다녀올 것이고, 내 방문을 벌컥 열고 들어와서는 다짜고짜 물을 것이다.

"야, 오늘 저녁에 갈비 먹을래, 불고기 먹을래?"

내가 머뭇거리면 어서 대답하라고 다그칠 것이다.

"부, 불고기."

그러면 혀를 끌끌 찰 것이다.

"됐어, 갈비 먹어. 벌써 양념에 재웠어."

"……응."

그렇게 지나갈 것이다.

반면에 엄마가 저지른 일들을—그런 게 있다는 가정하에
—내가 전부 알게 된다면 어떤 상황이 벌어질까(사실 나는
어릴 적부터 엄마에게 내가 알 수 없는 생활이 있으리라 상상
하곤 했다. 그런 상상을 하지 않을 수 없었다).

나는 소란을 일으키는 대신 엄마가 집을 비우기만을 잠자
코 기다릴 것이다. 엄마가 없는 틈을 타 발코니 수납장에서
여행용 캐리어를 꺼내올 것이고, 거기에 내 속옷과 외투를 차
곡차곡 담을 것이다. 백팩에는 노트북과 아이패드, 여권, 통
장, 계약서 같은 귀중품을 챙겨넣겠지. 책장에 꽂힌 수백 권
의 책 중에서는 한두 권만 가져갈 것이다(과연 어떤 책을 집
어들게 될까).

채비를 마치면 뒤도 돌아보지 않고 집을 빠져나올 것이다.
곧바로 인근 호텔로 향하든 지인에게 연락해 신세를 지든 할
것이다. 무슨 일로 집을 나왔느냐는 물음에는 아무 대답도 하

지 않을 것이다. 저녁 무렵 엄마로부터 전화가 걸려와도 받지 않을 것이고, 잇달아 도착하는 메시지도 확인하지 않을 것이다. 어쩌면 엄마의 연락처를 차단해버릴지도 모른다. 나는 그러고도 남을 인간이니까.

그렇게 이틀, 길어봤자 사나흘 후 집으로 돌아갈 것이다.

엄마가 연락이 안 돼 걱정했다며 무슨 짓을 하고 다녔느냐고 화를 내든 말든 내 방으로 들어가 짐을 풀 것이다. 마치 여행이라도 다녀온 양 소지품들을 제자리에 갖다놓고, 옷을 갈아입고, 밥을 챙겨 먹은 뒤 씻고 잠자리에 들 것이다. 내가 알게 된 바에 대해서는 한마디도 언급하지 않을 것이다. 만약에 엄마가 그것에 대해서 나와 이야기하고 싶어한다면, 그런 일이 벌어진다면 듣기만 할 것이다. 전부 듣고 나서는 어쩌라고, 그럴 수도 있지, 알았으니까 내 방에서 나가, 잠 좀 자게, 라고 말할 것이다.

이러한 시뮬레이션을 통해 내가 깨닫는 바는 하나이다. 우리는 적잖이 다르면서도 닮았다는 것. 서로 유사하면서도 유별난 데가 있다는 것.

그래서인지 이런 생각도 든다.

엄마가 아버지에 대해 한마디도 하려 들지 않는 것은, 아무리 캐물어도 묵묵부답으로 일관하는 것은, 어쩌면 그것이 엄마가 아버지를 기억하는 방식이어서가 아닐까 하고 말이다. 먼저 세상을 떠난 남편을 고이 간직하는 방식, 사랑하는 방식.

나는 그렇게 믿고 싶다.

5   마, 마마

어릴 적에 엄마를 잃어버린 일이 있다. 엄마가 나를 잃어버렸다고 해야 할까.

네 살인가 다섯 살 무렵이었다. 그때 나는 유원지를 홀로 헤매고 다녔다. 내 키만한 플라스틱 막대 아래에 달린 노란색 나비의 날갯짓을 보며 정처 없이 걸었다. 장난감이자 걸음마 보조기인 나비는 막대를 쥔 내가 앞으로 떠미는 만큼, 빠르게 걸음을 옮기는 만큼 몸통에 달린 네 개의 바퀴를 굴리며 날개를 퍼덕였다. 비탈을 오를 때에는 끼익끼익 하는 소리도 냈다.

그 날갯짓.

당시에 나는 나비가 나를 어디론가 데려다주리라 여겼다. 내가 나비를 밀고 있으면서 나비가 나를 이끌어간다고 믿었다. 그 둘을 분간하지 못했다. 그러므로 놀이시설이 밀집된 구역을 벗어나 길을 잃었을 때, 주변을 둘러보아도 아는 얼굴이 보이지 않았을 때, 나비가 나를 함정에 빠뜨렸다는 충격에 어찌할 바를 몰랐다. 당혹감에 큰 소리로 울음을 터뜨렸다.

이윽고 한 아주머니가 다가와 상체를 숙이며 물었다.

혼자니?

나는 손등으로 눈가를 훔치기만 했다. 그러자 아주머니는 알 만하다는 듯 웃으며 내 팔을 붙들었다.

같이 가자.

부드럽게 어르는 듯하다가 나를 확 끌어당기며 속삭였다.

엄마 찾아줄게.

나는 있는 힘을 다해 버텼다. 어떤 상황에서도 낯선 이를 따라가지 말라는 가르침 때문이었는지, 아주머니가 거짓말을 하는 것 같다는 느낌 때문이었는지 완강히 그 손을 뿌리쳤다. 그러면서 나비도 놓치고 말았다.

나는 도망치듯 반대 방향으로 뛰었고 한갓진 오솔길로 들어섰다. 수풀이 우거진 길을 따라서 한참 동안 걸었다. 곧 날이 저물면서 사위가 어둑어둑해졌다. 서늘한 바람에 몸이 으슬으슬 떨려왔고, 주변에서는 작은 인기척도 느낄 수 없었다. 나는 휘청대며 걷다가 돌부리에 걸려 넘어졌다. 무릎과 손바닥이 통증으로 쓰라린데다 진이 다 빠져서 일어설 기운조차 내지 못했다. 그대로 정신을 잃었다.

　유원지에서 미아가 된 기억. 정처 없이 헤매고 다니다가 끝내 실신한 기억. 그것은 나의 첫 기억이기도 하다. 과거를 떠올릴 때 가장 앞자리에 놓여 있는, 생애 최초의 시퀀스랄까. 그러므로 나는 스무 살이 될 때까지 엄마가 나를 낳아준 친모가 아닐지도 모른다고 생각했다. 유원지에서 미아가 된 그날 '진짜 엄마'를 잃어버리고 엉뚱한 아주머니와 함께 살게 되었으리라 상상한 것이다.

　이후로 나는 필요할 때마다 진짜 엄마를 만들어냈다. 진짜 엄마는 유복한 집안에서 태어나 부모의 사랑을 듬뿍 받고 자라난 재원으로, 남편에게 다정하고 자식들에게 한없이 너그러운, 지성과 품위를 두루 갖춘, 어려운 이웃에게 기꺼이 손 내밀 줄 아는, 가끔은 장난기가 넘치고 웃음이 많은, 행복한 여자였다. 한마디로 나의 엄마와 모든 면에서 대척점에 놓인 존재였다(그런 것도 존재라고 할 수 있다면 말이다). 나는 학교 친구들이나 선생님에게 가족 이야기를 해야 할 때, 숙제로 매일 제출하는 일기를 쓸 때에도 진짜 엄마를 등장시켰다. 그러다보면 언젠가는 진짜 엄마가 나의 진짜 엄마가 되기라도 할 것처럼.

나는 대학교에 입학하고 나서야 진짜 엄마가 나를 찾으러 오는 일은 없으리라는 걸 받아들였다. 어느 날 갑자기 우리집 앞에 검은색 세단이 멈춰 서더니 뒤쪽 차문이 달칵하고 열리며 잘 차려입은 귀부인이 내리는 일은 없으리라는 걸, 그가 나를 애타게 찾아왔다며 울고불고할 일은 없으리라는 걸, 그러니까 진짜 엄마란 내 멋대로 꾸며낸 망상에 불과하다는 사실을 받아들이게 된 것이다.

그러고 나서 몇 년이 지나자 한집에 사는 엄마가 눈에 들어오기 시작했다. 진짜 엄마가 사라지고 나서야 '진짜 엄마'에 대한 궁금증이 하나둘 피어났던 것이다.

○

요즘 엄마는 새로운 상황에 적응해가고 있다. 사십 년 가까이 근무했던 미싱사가 끝내 폐업을 결정하면서 퇴직금 한푼 없이 쫓겨난 탓이었다. 전 세계적인 전염병 사태로 인해 일감이 확 줄어든 것이 계기였다. 일본과 중국의 주문량이 급격히 줄어 반의반 토막이 되더니 전염병 사태가 종식되고 나서도 좀체 호전될 기미를 보이지 않았다. 주 육 일을 출근하며 월급을 받던 엄마는 이틀에 한 번꼴로 출근하며 주급을 받기 시작했다. 그런 식으로 반년을 넘게 지내다가 사장이 연락하는 날에만 출근하여 일급을 받게 되었다. 사장의 연락은 일정한 간격을 두고 이어지다가도 뚝 끊기기를 반복했다. 사장이 연락을 줄 것처럼 굴다가 결국 주지 않으면 엄마는 종일 집에서 기다리기만 하다가 다른 일을 놓쳤다. 그렇게 일하다가 쉬다가 기약 없이 대기하기를 거듭하며 한 해를 넘기고 나서 기어이 폐업 소식을 들었을 때 엄마는 참았던 분통을 터뜨렸다.

"그동안 얼마나 열심히 일했는데, 그렇게 오래 일했는데, 어쩜 이럴 수 있니? 사람을 갖고 노는 것도 아니고 정말."

나는 엄마가 사십 년 가까이 일하면서 근로계약서를 한 번도 작성한 적이 없다는 걸 그때 처음 알았다.

"그럼 지금까지 어떤 식으로 계약한 거야?"

"무슨 계약을 해. 그냥 가서 일하고, 사장이 내 계좌에 돈 넣어주고, 그게 다야."

"급여 협상 같은 건 안 했어?"

"협상 같은 소리 하네."

엄마는 세상 물정 모르는 바보를 본다는 듯이 내게 눈을 흘겼다.

"그런 걸 하는 미싱사가 대체 어디 있어? 생각해보니 오륙 년에 한 번 월급을 올려줄까 말까 했던 것 같네. 그것도 사장이 기분좋을 때나 쥐꼬리만큼씩."

엄마는 이제 재봉질에 넌덜머리가 난다며 다시는 미싱 일을 하지 않겠다고 선언했다. 내가 왜 이렇게 충동적으로 구느냐고, 평생 익힌 기술이라곤 그거 하나뿐이지 않으냐고, 차라리 다른 미싱사를 알아보면 어떻겠느냐고 말해도 소용없었다.

"야, 다른 데도 마찬가지야. 어딜 가나 오늘내일하는 상황이라고. 내가 갑자기 이런 결정을 내린 거 같아? 나도 다 보는 게 있고 듣는 이야기가 있어서 그래. 그리고 내가 하기 싫다는데 어째서 네가 하라 마라야. 하고 싶으면 너나 해. 네가 하라고."

엄마는 자신의 두 손을 쫙 펼쳐서 앞뒤로 번갈아가며 보여주기도 했다. 몇 주 전 오랜만에 사장의 연락을 받고 일하다가 재봉틀 바늘에 찔려 아직도 회백색 상흔이 울퉁불퉁하게 남아 있는 엄지손톱과 뼈마디가 미세하게 뒤틀린 것처럼 보이는 집게손가락, 나무껍질처럼 바싹 메마른 손바닥 피부, 군데군데 옹이처럼 박인 굳은살을.

"이것 좀 봐라. 미싱 하다가 망가진 내 손 좀 봐."

엄마는 재봉틀을 돌리다가 바늘에 손가락이 찔릴 때마다 —그토록 숙련되었음에도 일 년에 한두 번은 꼭 찔린다고 했다—자기 몸 전체가 꿰뚫리는 기분이었다고 했다. 바늘이 손가락에 콱 박히는 것뿐인데, 기다란 쇠꼬챙이가 정수리부터 발끝까지 일거에 관통하는 듯한 기분이었다고, 한두 번 겪는 일도 아닌데 매번 새삼스레 놀라며 펄쩍 뛰었다고 했다. 상처에 꼼꼼히 약을 바르고 붕대를 감아놔도 조금 뒤면 온몸이 욱신거리며 저려왔다고, 그런 날은 마음까지 헛헛해져서 일이고 뭐고 다 집어치우고 싶었다고 했다. 사는 게 다 싫어질 지경이었다고.

"그런데도 살았다."

엄마는 나를 보며 어째서인지 책망하는 투로 말했다.

"그런데도 살았다고, 이놈아."

미싱사가 폐업한 뒤로 엄마는 두 달 넘게 집에만 있었다. 청소하고 빨래하고 이따금 장을 보러 다녀오는 정도로만 움직였고 대부분은 거실 소파에 누워 낮잠을 자거나 텔레비전을 봤다. 그래서 나는 이제 엄마가 직장생활을 청산하려나보다 생각했다. 사십 년 가까이 쉬지 않고 일했으니 그럴 만하다고,

환갑이 넘었으니 당연한 수순이라고 여겼다. 그럼 이제부터 나 혼자 벌어야겠네, 엄마를 책임져야겠네, 별수없네…… 생각했다.

그런데 어느 날 아침, 평소처럼 일어나 거실로 나가보니 엄마가 없었다. 안방에도, 욕실에도, 어디에도 없었다. 나는 출근 준비를 하며 엄마에게 전화를 걸었다. 아침 댓바람부터 어디를 갔어, 이 아줌마가 바람이 났나, 하고 농담 섞인 메시지도 보냈다. 답장은 없었다. 뭔데? 무슨 일 있어? 나는 회사에서 근무하는 중에도 메시지를 보냈다. 그런데 엄마는 내 메시지를 확인만 하고 답장을 하지 않았다. 정말로 무슨 일이 벌어지고 있는 게 틀림없었다.

퇴근하고 집으로 돌아와보니 엄마가 어두컴컴한 거실에 혼자 있었다. 소파에 비스듬히 누운 자세로 종편 채널에서 방영하는 트로트 경연 프로그램을 보고 있었다.

"다녀왔습니다."

나는 평소처럼 신발을 벗고 안으로 들어섰다. 그런데 엄마가 내 쪽을 쳐다보지도 않았다. 텔레비전만 봤다. 뭔가 수상하여 소파로 다가가보니 화면 빛에 얼핏 드러난 엄마의 얼굴이 이상했다. 울룩불룩했고, 자세히 보니 눈두덩에 네모난 탈지면과 반창고가 덕지덕지 붙어 있었다.

"뭐야?"

내가 놀라서 큰 소리를 내자 엄마는 아휴, 하면서 상체를 일으켜 앉았다. 한 손을 휘휘 내저으며 대수롭지 않다는 듯 말했다.

"난리 치지 마. 별거 아니야."

나는 천장의 불을 켜고 엄마를 살폈다. 전반적으로 얼굴이 불그스름하게 부어 있었고, 눈언저리는 시뻘겋다못해 멍이 들어 있었다.

"왜 이래? 누구랑 싸웠어?"

알고 보니 쌍꺼풀 수술을—하는 김에 눈 밑 지방 재배치까지—한 것이었다. 맙소사. 내가 뜨악해하며 쳐다보자 엄마는 겸연쩍게 웃으며 말했다.

"미리 이야기하면 네가 하지 말라고 할 게 뻔하니까, 그래서 말 안 했어."

"그래도 그렇지, 무슨……"

나는 할말을 잃은 채 그대로 서 있었다. 꿈에도 생각지 못한 일이어서 어떤 반응을 보여야 할지 가늠조차 되지 않았다. 그러자 엄마가 버럭 화를 내듯이 말했다.

"네가 뭘 알아. 이것도 시간이 있으니까 한 거야. 다시 일 시작하면 하고 싶어도 못할 테니까."

나는 엄마가 더 민망해할까봐 화제를 돌렸다.

"아니, 그럼…… 다시 취업하려고? 이제 미싱사는 안 다닌다며."

"뭐든 해야지. 두 달 넘게 쉬니까 몸이 막 근질근질하다, 야."

엄마는 괜히 양팔을 어깨 위로 쭉 뻗어 올리며 말했다.

"집에만 있으니까 심심해서 우울증 걸릴 것 같아."

나는 그 대목에서 심사가 뒤틀렸다. 엄마가 별 뜻 없이 한 말이라는 걸 알면서도 그랬다. 엄마는 내가 몇 년째 항우울제를 복용하고 있다는 사실을, 아들이 게이라는 사실만큼이나 없는 일처럼 여겼다. 그에 관해 언급하기는커녕 내 방 책상에 약통이 놓여 있는 꼴도 참지 못했다(엄마는 아무때나 내 방에 들어와 그게 눈에 보이면 서랍 안쪽이나 가방에 쑤셔넣었다. 한번은 내가 찾지 못해서 어디에 두었느냐고 묻자 오히려 황당하다는 듯 자신은 그런 걸 본 적도 없다며 성질을 부렸다). 그러다가 한 번씩 나와 크게 말다툼을 벌일 때면 아들의 우울증이 무슨 감수성 과잉이나 의지박약, 철딱서니 없는 응석인 것처럼 매섭게 비난했다. *그러니까 네가 그 모양 그 꼴인 거야. 사내새끼가 정신머리부터 약해빠져서는.*

"아, 그래서 성형수술을 하셨어요? 몸이 막 근질근질해서?

우울증 걸릴 만큼 심심해서? 환갑 넘은 노인이?"

결국 내가 참지 못하고 이기죽거리자 엄마는 벽 쪽으로 고개를 홱 돌리며 소리쳤다.

"시비 걸지 마. 그러지 않아도 아파 죽겠거든?"

그리고 삼 주 후, 아침에 일어나보니 엄마가 또 사라지고 없었다. 이번에는 무슨 꿍꿍이일까. 나는 출근 준비를 하면서도, 사무실에 앉아 업무를 보면서도 엄마에게 전화를 걸거나 메시지를 보내지 않았다. 뭘 하고 다니는지 알 게 뭐람. 누가 말려.

그날 저녁, 퇴근하고 집으로 돌아와보니 엄마는 부엌에서 식사 준비를 하고 있었다.

"어디 보자. 이번에는 콧대라도 높이셨나?"

내 말에 엄마는 양볼을 붉히며 소리쳤다.

"이놈의 새끼가 못하는 말이 없어, 진짜."

나는 옷을 갈아입고 샤워를 한 뒤 엄마와 식탁에 마주앉아 저녁을 먹었다. 그러면서 그날 있었던 일에 관해 대화를 나누었는데, 들어보니 엄마는 장애인활동지원사 교육을 받기 시작했다고 했다. 아는 아주머니 중의 한 분이 보험회사에서 정년퇴직하고 장애인활동지원사로 근무하는 중인데, 빌딩 청소나 식당 서빙 자리를 알아보려는 엄마에게 이 일을 먼저 해보라고 권했다는 것이다.

"일주일 정도 교육받고, 현장 실습까지 마치면 바로 일할 수 있대."

"야, 이건 사대 보험도 되고 공휴일에 근무하면 추가 수당도 받는단다."

"일 년 넘게 일하면 퇴직금도 나온대."

연이어 말하는 엄마가 왠지 즐거워 보여서 나는 콩나물무침을 입에 넣고 오물오물 씹기만 했다. 경증이긴 하나 엄마가 지닌 청각 장애에 대해 생각하지 않을 수 없었고, 그런 엄마가 거동이 불편한 다른 장애인의 활동을 보조하게 되리라 상상하니 뭔가 좀…… 이 세상이 어떤 거역할 수 없는 힘에 의해 굴러간다는 기분이 들었던 것이다. 엄마나 나나 죽을 때까지 팔자를 바꾸기는 글렀구나. 어떤 한계와 틀 안에서 평생을 애면글면 살다 가겠구나.

암담하게 받아들일 소식이 아니었음에도, 새로운 업에 대한 기대감으로 엄마가 들떠 있음에도, 나는 콩나물무침을 씹으며 그런 생각만 했다. 하고 싶지 않은데도 자꾸만 그런 생각이 드는 걸 어찌할 수 없었다.

○

　다시 직업 활동을 시작하면서 엄마는 영양제에 대한 집착
이 부쩍 늘었다. 면역력을 높여준다는 프로폴리스부터 시력
보호에 효과적이라는 루테인, 항산화 작용을 한다는 비타민
C, 관절과 연골 건강에 탁월하다는 콘드로이틴, 신경을 안정
시키고 근육 이완에 도움을 준다는 마그네슘, 배변 활동을 원
활하게 이끌어준다는 프로바이오틱스, 간 건강에 일조하여
피로 회복을 촉진한다는 밀크시슬까지, 아침식사를 마친 뒤
그것들을 차례로 입에 넣고 물을 꿀꺽꿀꺽 삼키는 엄마를 보
고 있으면 저렇게까지 살아야 하나 싶은 생각이 절로 들었다.
　물론 나는 엄마가 누구보다 오래 살기를 바랐다. 세계 최고
령자로 기네스북에 올랐다는 스페인의 어떤 할머니처럼 잔병
치레 없이 장수하기를 원했다. 모순적인 태도라 해도 어쩔 수
없다. 나는 언제 죽어도 아쉬울 게 없는 사람이지만—늘 그
런 마음이지만—엄마는 건강하게 만수무강했으면 좋겠다.
　만약에 나의 수명을 누군가에게 나누어줄 수 있다면, 그런
게 가능하다면, 나는 여생의 절반쯤을 한 알의 캡슐로 응축하
고 싶다. 그걸 영양제 통에 슬쩍 넣어두고 아침에 엄마가 꺼
내 먹는 모습을 지켜보고 싶다. 내 삶이 엄마의 삶이었으면

좋겠다. 엄마가 나보다 하루만 더 살았으면 좋겠다.

○

　지난주에는 한때 내 사수였던 편집자 선배를 만났다. 우리
는 저녁식사로 쌀국수를 먹은 뒤 근처 카페로 자리를 옮겼다.
간밤에 소나기가 내려 기온이 뚝 떨어진 탓인지 전면 창 너머
로 코트 깃을 세운 채 걷는 사람들이 보였다. 거리에 갈색 이
파리들이 나뒹굴었다. 지난번에 만났을 때 선배는 한집에서
같이 지내게 된 시아버지와의 불화로 스트레스를 받고 있었
는데, 이번에 만났을 때에는 회사일이 너무 바빠서 골치가 아
프다며 울상을 지었다.
　"그나마 다행이네요."
　내가 말하자 손목을 주무르고 있던 선배는 뭐가 다행이냐
고 물었다.
　"일이 많은 거야 그냥 하면 되지만…… 같이 사는 사람끼
리 불편한 건 해결하기 어렵잖아요. 다행히 지금은 그 스트레
스가 없는 것 같아서요."
　선배는 으음, 하면서 레몬티를 한 모금 삼켰다.
　"그런가. 하긴 요즘은 시아버지랑 그럭저럭 지내거든. 여

전히 안 맞는 부분이 많기는 한데, 시간이 약이라고 서로 적응하게 되더라."

"힘든 일 말고, 최근에 좋았던 일은 없었어요?"

선배는 찻잔을 내려놓고 가게 안을 천천히 둘러보더니 말했다.

"하나 있긴 해."

"뭔데요?"

"어제 늦잠을 자고 일어나서 딸애한테 뭘 먹고 싶으냐고 물어봤거든. 그랬더니 아침식사로 팬케이크가 먹고 싶대. 얘가 누굴 닮아서 그런지 밥을 별로 안 좋아하거든. 알았어, 엄마가 해줄게, 하고는 가스레인지 앞에 서서 프라이팬을 데우는데, 갑자기 이 녀석이 쪼르르 다가와서는 허리 뒤에서 나를 끌어안아. 그러고는 감사합니다, 라고 인사하더라. 감사합니다."

"귀엽네요."

"그렇지? 순간 울컥하더라."

"왜요?"

"몰라. 너무 기뻤는데…… 또 너무 슬펐어. 정말로 그 자리에서 울 뻔했지, 뭐야."

나는 그게 곧 지나가버릴 순간이어서, 사람은 진정으로 행복한 순간을 맞이하면 그게 곧 자신을 떠나리란 걸 직감해서,

다시는 돌아오지 않으리란 걸 알아서 서글퍼진다고 이야기하고 싶었으나 아무 말도 하지 않았다.

"따님이 몇 살이라고 했죠?"

"이제 열두 살."

"초등학교 4학년인가, 5학년인가."

"5학년. 벌써 그렇게 됐네."

나는 이제부터 변할 거라고, 두 사람은 시간이 지날수록 멀어지게 될 거라고, 메울 수 없는 간극을 둔 채 살아가게 될 거라고, 선배가 울 뻔했던 이유는 그걸 다 알고 있어서라고, 왜냐하면 우리는 누군가의 자식이었고, 지금도 자식이긴 하지만, 우리가 어렸을 때 부모를 사랑했던 것과 지금 부모를 사랑하는 것에는 차이가 있으니까, 그건 아주 비슷하면서도 전혀 다르니까, 그런 걸 알고 싶지 않아도 알게 되는 게 시간이 지닌 또다른 힘이라 이야기하고 싶었으나 아무 말도 하지 않았다. 실제로 그런 이야기를 입 밖에 꺼내놓을 수 있는 순간이란 존재하지 않으니까. 그런 건 소설 속에서나 이렇게 쓰일 뿐이니까. 나는 따뜻한 밀크티를 홀짝이며 벽에 걸린 시계만 쳐다보았다.

"너는 요즘에 좋았던 일 없었어?"

선배의 질문에 나는 머그잔의 표면을 손가락으로 문지르며 말했다.

"엄마가 다시 일을 시작한대요."

"그래?"

"네, 그래서 즐거워 보이는 게…… 좀 싫으면서도 좋네요."

"싫을 건 뭐야."

"모르겠어요."

나는 웃으면서 고개를 가로젓다가 떠오르는 장면이 있어 덧붙였다.

"얼마 전에 이런 일이 있었어요. 저녁을 먹고 나서 엄마랑 같이 텔레비전을 보고 있었는데요. 채널을 돌리는데, 뉴스에서 화물 트럭 운전사들이 시위하는 모습이 나왔어요. 몇백 명은 되어 보이는 사람들이 모두 이마에 빨간색 띠를 두른 채 대로를 걷고 있었죠. 큰 소리로 구호를 외치면서요. 그때 엄마가 저 사람들은 뭔데 저러고 있느냐고 물었어요. 그래서 대답했죠. '뭐기는, 시위하는 거잖아. 쉽게 해고당하거나 과로할 수밖에 없는 근무 조건을 바꿔달라고 요구하는 거잖아.' 그랬더니 엄마가 허, 하면서 콧방귀를 뀌었어요. '저렇게 떼를 쓴다고 뭐가 달라지니. 못 배웠으면 고생하는 거야 당연하지. 화물 트럭이나 모는 주제에 무슨…… 빨리 채널이나 돌려.'"

선배는 듣기만 하다가 입을 열었다.

"그런 말씀을 하셨구나."

"네, 그래서인지 엄마가 다시 일하러 나가는 모습을 보는 게…… 좋으면서도 좀 싫네요."

"정확히 어떤 면에서?"

"글쎄요."

나는 볼을 긁적이다가 고개를 들어 천장을 올려다보았다.

"왜 그러고 사는지 모르겠어요."

선배는 뭔가 생각해보는 듯한 얼굴로 잠자코 있었다. 집게손가락으로 아래턱을 문지르더니 말했다.

"좀 다른 경우이긴 한데, 나도 비슷한 생각을 한 적이 있어."

"무슨 생각이요?"

"만약에 딸애가 자라서, 그러니까 대학교에 들어가고 직장에 다닐 만큼 성장했는데 말이야. 나랑 전혀 다른 인간이 되어 있으면 어쩌지, 말도 안 통하고…… 아무리 노력해도 바꿀 수 없을 만큼 낯선 존재가 되어버리면 어쩌지, 하고 말이야."

"기득권 지지하고 장애인 혐오하고, 뭐 그런 사람이요?"

"응, 내가 정말로 못 견뎌하는 인간 말이야."

나는 말없이 선배의 찻잔을 내려다보았다. 찻물에 반사된

조명 빛이 느릿하게 흔들리고 있었다.

"그런다 해도 우리가 뭘 어쩔 수 있을까요."

"으음."

선배는 의자 등받이에 몸을 기대더니 고개를 천천히 뒤로 젖혔다. 한참을 그러고 있다가 다시 고개를 들며 말했다.

"그러네, 어쩔 수 있는 건 없네."

선배와 헤어지고 집으로 돌아오는 길에는 어릴 적 기억이 하나 떠올랐다. 내가 초등학교 1학년인가 2학년 때였을 것이다. 그 시절 엄마는 종종 미싱사에서 마무리하지 못한 일거리를 집으로 가져오곤 했다. 자식들에게 저녁을 챙겨 먹인 뒤 혼자서 밤늦게까지 미싱을 돌렸다. 그러곤 자정이 가까운 시간임에도 작업을 마친 옷감들을 전부 비닐봉투에 담아서 다시 미싱사로 향했다. 내 기억이 맞는다면 미싱사 상호가 붉은색 한자로 프린트되어 있던 그 비닐봉투는 정말이지 너무도 커다래서 나와 형, 엄마가 함께 그 안에 들어가고도 남았다 (그래서인지 엄마는 형과 내가 말을 듣지 않을 때면 거기에 담아서 내다버릴 거라고 윽박지르기도 했다).

엄마가 그 큼직한 걸 머리에 이고서 한밤중에 외출할 때마다 나는 엄마의 한쪽 손을 붙들고 따라나섰다. 당시에 나는 엄마가 어디를 가든 껌딱지처럼 착 붙어다녔으니까. 밤에 이부자리에 누워서도 잠들기 직전까지 엄마의 손을 꼭 붙들고 놓아주질 않았으니까.

그때 나는 행복했다. 엄마의 손을 잡고 있으면, 그 온기를 느끼고 있으면, 연결되어 있으면 다른 건 아무것도 필요하지 않았다. 엄마가 전부였다.

그런데 이제 와 생각해보니 당시 엄마는 조금도 행복하지 않았을 것 같다. 행복하기는커녕 하루하루가 끔찍했을 것 같다. 자신의 몸뚱이보다 크고 무거운 짐을 머리에 얹고 있는데, 가까스로 균형을 잡으며 걷는 것만으로도 숨가쁜데, 그런 와중에 어린 자식 놈은 손을 잡아달라며 생떼를 부리고 있으니, 거머리처럼 달라붙어 떨어지질 않으니, 일이고 자식이고 전부 내팽개치고 어디론가 홀홀 떠나버리고 싶다는 충동을 느낄 수밖에 없었을 것이다. 엄마는 내게서—나와 형, 그리고 모든 책임감에서—달아나고 싶었을 것이다.

하지만 도망가지 않았지.

어쩌면 나는 엄마가 달아나고 싶어한다는 것을 일찌감치 알아챘던 것 같다. 안다기보다 느끼고 있었던 듯하다. 그러니 엄마가 어디를 가든 득달같이 쫓아가 한쪽 손을 붙잡는 행위에 집착했던 것이 아닐까.

엄마는 그런 내가 얼마나 징그럽고 미웠을까. 어떻게 나 같은 애를 견딜 수 있었을까.

○

몇 주 전에는 서울시립미술관에 다녀왔다. '구본창의 항해'라는 전시를 관람했는데, 나는 작가의 후기 작품들보다 초기나 중엽의 작품들이 인상적이었다. 뭔가를 해낸 듯한, 그럴듯한 인상을 주는 이미지들보다 뭔가를 해보려고 시도한 흔적이 역력한, 끝내 실패하고 만 듯한 이미지들이 울림을 주었기 때문이다.

작품 수가 많아 일층을 둘러보는 데에만 두 시간 가까이 걸렸다. 그래서 이층으로 올라갔을 때에는 남은 건 적당히 보고 다음에 또 오든지 해야겠다고 마음먹었다. 그럼에도 전시장 한쪽의 너른 벽면을 차지하고 있던, 거대한 두 손과 두 발의 이미지 앞에서는 우뚝 멈춰 설 수밖에 없었다. 에이포 용지만 한 크기의 인화지 백오십여 장을 바느질로 한데 이어붙인 〈태초에 10-3〉이라는 작품이었다. 곳곳에 박음질 자국과 길게 흘러내린 흰색 실밥이 고스란히 보였다. 해설에는 수많은 인화지 위로 커다랗게 재현해놓은 손과 발의 이미지를 통해서 삶의 무게를, 끊어질 듯 끊어지지 않고 이어지는 실을 통해서는 삶의 의지를 담아내려 했다고 쓰여 있었다.

그날 나는 거인의 신체 일부를 고스란히 옮겨놓은 듯한 그 작품 앞에서 한참을 서성였다. 내 키만한 크기의 집게손가락 이미지에 바늘땀이 촘촘히 남은 흔적을 오래 들여다보았다. 그러면서 손가락에 재봉틀 바늘이 박힐 때마다 몸 전체가 관통당하는 것 같았다는 엄마의 이야기를 떠올렸다.

엄마는 사십 년 가까이 조각난 천들을 한데 이어붙이며 살아왔다. 하나가 아니었던 것들을 기워 하나의 완성품을 만들어냈다. 그 과정에서 손가락이 바늘에 꿰뚫리곤 했으니 엄마가 지어낸 옷들에 엄마의 피가, 살점이, 영혼이 흩뿌려지지 않았다고 할 수 있을까. 그것들이 엄마의 일부가 아니라고 할 수 있을까. 그래서인지 나는 엄마의 재봉질이 내가 하는 글쓰기와 얼마나 비슷하고 다른지를 그 자리에서 생각해보지 않을 수 없었다.

○

엄마는 장애인활동지원사로 한 달도 채 일하지 못했다. 현장 실습을 마치자마자 사무소를 통해서 곧장 일을 배정받았는데, 그래서 뛸듯이 기뻐했던 게 엊그제 일 같은데, 느닷없이 그만 나와주었으면 좋겠다는 이야기를 들었던 것이다.

"퇴근하고 지하철을 탔는데 메시지가 하나 오더라. 그게 다야."

그동안 엄마는 새벽 다섯시에 일어나 출근 준비를 했다. 한 시간 넘게 지하철을 타고 강남으로 넘어가 아침 일곱시까지 이용자─엄마는 자신이 보조하는 장애인을 그렇게 불러야 한다고 했다─의 집에 도착하기 위해서였다. 점심시간을 제외하고 여덟 시간을 근무한 뒤 오후 네시에 퇴근했다. 간단한 생활 보조 일이라서 육체적으로 힘들지는 않았지만, 좁은 공간 안에서 내내 이용자의 비위를 맞추는 게 여간 까다로운 일이 아니라고 했다. 이용자는 갑자기 언짢아하거나 토라지곤 했는데, 기분을 더 상하게 할까봐 정확한 이유를 물어볼 수조차 없었다고 했다.

"시집살이가 따로 없더라. 내 팔자에 그 고생은 없는 줄 알았는데."

엄마는 일방적인 해고 메시지를 받자마자 사무소에 전화를 걸어 어떻게 된 일인지 물었다. 그리하여 듣게 된 사유가 가관이었다고 했다. 그동안 이용자가 운전하는 승합차를 타고 함께 이동한 적이 몇 번 있었는데, 그때마다 엄마가 안전벨트

착용을 깜빡해서라는 것이었다.

"전에도 주의를 줬는데, 어제도 내가 잊어버리고 벨트를 안 맸다는 거야. 사무소에 연락해서 왜 자꾸 그걸 잊어버리느냐고 항의하더래. 사고라도 나면 어쩔 셈이냐고, 자기 말을 우습게 아는 거냐고, 아무래도 말귀가 어두워서 불편하다고. 그러더니 더이상 나를 보고 싶지 않다고 했대."

"그게 이유라고?"

"그렇다네. 진짜 어이없어서…… 야, 너는 다행인 줄 알아라. 사무실에 가만히 앉아서 글자나 읽고 쓰며 돈 버는 걸 감사히 여기라고. 역시 사람이 배워야 무시를 안 당하고 사나보다. 그 이용자도 대학교에 경영대학원까지 나왔다더라. 다리만 좀 불편하지, 여자가 아주 영리해. 직접 운전도 하고 사업도 하고, 못하는 게 없더라고. 그래도 그렇지. 자기를 도와주는 사람을 이렇게 무시하니? 내가 이런 취급이나 받으면서 살자고 정말……"

그쯤에서 나는 불똥이 내게 튀려는 걸 감지했다. 그래서 슬그머니 자리를 벗어나려 했는데, 그게 엄마의 화를 돋운 듯했다.

"뭐야, 어딜 가. 너도 나 무시하니? 참 나, 다들 나한테 왜 이러는지 모르겠네. 어제는 집 앞에서 현수 엄마랑 마주쳤는데 또 그러더라. 그 집 둘째 아들은 대체 언제 장가를 가느냐고, 혹시 무슨 문제 있는 거 아니냐고. 그러면서 실실 웃어. 그 여편네가 그러는 게 하루이틀이 아니라서 내가 어지간하면 넘어가려 했는데, 어제는 정말 열불이 터져서 못 참겠더라. 그딴 거 궁금해할 시간에 네 아들놈이나 챙기라고, 못난 새끼가 잘난 마누라한테 자격지심이나 부리다가 이혼당한 주제에 무슨 또 재혼을 하느냐고, 그놈의 아랫도리는 지 애비를 닮았나 왜 쉬지를 않느냐고, 이번에도 얼마 못 살고 갈라설 게 뻔하다고, 그런 악담을 해버렸지 뭐냐…… 야, 나도 못살겠다. 말이 나와서 말인데 너는 말이야, 네 형이 걸어다니는 거 유심히 본 적 있냐. 심할 때는 무슨 장애가 있는 사람처럼 온몸을 휘청대며 걷는데, 추석날 아랫집 사람들이 다 쳐다보는 와중에 그러고 오니까 내가 너무 창피한 거야. 어디 쥐구멍에라도 숨고 싶더라. 그런데 뭐…… 나도 마찬가지. 이제는 보청기가 없으면 제대로 듣지도 못하니까. 이걸 사시사철 끼고 다니는 게 얼마나 고역인 줄 아니? 한여름에는 귓구멍 안쪽에서 땀이 나. 그게 고여서 진물 같은 게 생긴다고. 내가 보청기를 끼면서 그걸 처음 알았다. 귓구멍 안쪽에서도 땀이 난다는 거 말이야. 내가 남들 말을 좀 놓치는 거는 기분이 안 나쁜데, 화장실에서 휴지로 몰래 귓구멍의 진물을 닦고 있을 때는 정말이지…… 그 누런 걸 들여다보고 있으면 말이야, 남들은 평생 모르고 살 일을 나만 당하는 것 같아서 억울해. 살면서 그런 게 한둘이 아니라 가끔은 성질 뻗쳐서 못 참겠어. 보청기를 낀 뒤로는 무거운 걸 들거나 옮길 때 나도 모르게 뒤로 빠지게 되더라. 다른 사람이 대신해주길 바라게 돼. 왠지 내가 약해지고 작아진 기분이야. 그런데 너는 내 속도 모르고 결혼 같은 건 하지 않겠다고, 제멋대로 살겠다고, 나 좀 내버려두라고, 그딴 소리나 하니 내가 속이 안 뒤집혀? 대체 내가 언제까지 너를 챙겨줘야 하니? 너는 언제 사람 될래? 어째서 이 집안에는 멀쩡한 인간이 하나도 없는 거야? 제대로 된 인간이 없어. 정상이 없다고."

나는 엄마의 말을 잠자코 듣기만 했다. 아랫입술을 잘근잘근 깨문 채 아무런 대꾸도 하지 않으려 애썼다. 예전 같았으면 엄마가 일방적으로 쏟아놓는 폭언에 맞대응하며 나도 목청을 높였을 것이다. 아니면 경멸하듯 노려보다가 방문을 쾅 닫고 들어갔겠지. 그런 식으로 날을 세워 엄마와 대립했을 것이다. 그렇지만 나는 이제 엄마와 겨루고 싶지 않았다. 정말 그러고 싶지 않았다…… 그게 다 무슨 소용이란 말인가. 엄마의 말에서 오류나 비약을 조목조목 짚어낸 뒤 내가 옳다고 믿는 이야기를 늘어놓는다고 해서 엄마를 변화시킬 수 없으리라는 것쯤은 이미 알고 있었다. 그럼에도 나는 번번이 그것을 시도했다. 맞서다보면, 부딪치다보면 언젠가는 조금이라도 달라질 줄 알았으니까. 더디게나마, 아주 약간이나마 우리가 포개질 수 있으리라 믿었으니까. 그러나 엄마는 달라지지 않았다. 변한 것처럼 보이는 순간이 전혀 없지는 않았으나 시간이 지나고 보면 그대로였다. 정녕 손톱만큼도 달라진 구석이 없었다. 내가 조금도 변하지 않은 것처럼. 우리는 전혀 다른 모양의 퍼즐 조각이나 마찬가지였다. 어떻게 해도 서로 끼워 맞출 수 없는…… 그러므로 나는 있는 그대로의 엄마와 함께 살아가는 연습을 해야 했다. 이제부터라도 그래야 했다. 서른일곱 살이 되어서야 나는 마침내 그 연습을 시작하기로 마음먹었다. 그 사실이 너무도 한심하여 헛웃음이 나올 지경이었다.

내가 맥없이 웃자 엄마는 말을 멈추고 나를 쏘아보았다. 자신을 비웃는 거라고 오해한 듯했다. 그래서 나는 황급히 한 손을 이마에 가져다댔다. 그럴 계획은 없었는데, 기운 없는 목소리로 호소하듯 말했다.

"엄마, 나 지금 머리가 너무 아픈데…… 아직 밥도 못 먹었고, 배고파서 그런지 정신이 하나도 없네."

신기한 점은 아프다고 말하니까 정말로 머리가 지끈거리기 시작했다는 것이다. 엄마는 그런 나를 빤히 쳐다보다가 자리에서 일어나 냉장고 쪽으로 향했다. 문을 열어 안쪽의 선반을 뒤지더니 진보라색의 납작한 상자를 가져와 내밀었다. 내가 그것을 멀뚱히 쳐다보기만 하자 상자에서 직접 내용물을 꺼내어 내 손바닥 위에 올려놓았다. 엄지손톱만한 크기의 장미 모양 초콜릿이었다.

"배고프다며. 밥은 이제 안쳐야 하니까. 이거라도 먹고 있어봐."

엄마는 마트에서 프랑스산이니 뭐니 하며 세일하길래 호기심에 사봤는데 맛이 제법 진하고 좋다고 했다. 나는 그것을 입에 넣었다. 마른 혀로 휘감아 천천히 녹이다가 어금니로 와작 깨물었다. 초콜릿 안쪽에 블루베리시럽 같은 것이 들어 있었는데, 과연 어울릴까 싶은 것들이 한데 어우러지며 엄마 말대로 맛이 제법 진하고 좋았다. 그렇게 하나를 다 먹고 나니 놀랍게도 두통이 한결 가신 듯했다.

"좀 나아졌어?"

나는 고개만 끄덕였다. 그러자 엄마는 바로 퉁명스레 말을 뱉었다.

"으이구, 너는 어렸을 때부터 약골이었어. 툭하면 앓아눕지를 않나, 어디 걸려서 혼자 자빠지질 않나. 하여간 손이 많이 간다니까."

"엄마가 나를 이렇게 낳은 거지, 약해빠지게."

"야, 무슨 말을 그렇게 하냐. 내가 너 임신했을 때 얼마나 좋은 것만 먹었는데."

엄마는 억울하다는 듯 덧붙였다.

"네 형 때는 하지도 않던 태교까지 했어. 클래식 음악 듣고, 윗집에서 동화책 빌려다가 읽고. 그래서 네가 공부도 좀 하는 거야."

"그래, 공부를 해서 이 모양인가봐."

"이 모양이라니, 네가 뭐 어때서. 그래도 너 정도면……"

엄마는 무슨 말을 하려다가 나와 눈이 마주치자 고개를 홱 돌렸다.

"아니다, 됐다."

그러더니 한숨을 푹 쉬며 창밖을 내다보았다. 옆 빌라 옥상에 널어둔 이불과 수건들이 바람에 크게 부풀어올랐다가 가라앉기를 반복하고 있었다. 빨랫줄에 앉아 있던 까치가 두 날개를 쫙 펴더니 난간 아래로 몸을 던졌다. 이내 하늘 위로 솟구쳐올랐다. 나는 그 광경을 엄마와 함께 바라보다가 불쑥 입을 열었다.

"엄마, 그런데 내 태몽이 뭐야?"

"태몽?"

"응."

"갑자기 그건 왜?"

"그냥 궁금해서. 남들은 다 알고 있던데 나는 모르더라고."

엄마는 고개를 갸웃하더니 말했다.

"네 형 태몽은 복숭아였어. 꿈에서 내가 안방에 들어갔는데, 장롱 안쪽에서 굵직한 나뭇가지들이 사방으로 뻗어 나오는 거야. 거기서 사람 크기만한 복숭아들이 주렁주렁 열렸어. 그중 하나가 뚝 떨어지더니 내 품에 안기더라. 얼마나 보드랍고 따뜻하던지, 한참을 끌어안고 쓰다듬었어. 다음날 미싱사 언니들한테 말했더니 아들 낳는 꿈이라고 하더라. 그래서 첫째가 아들인 줄 알고 있었지."

나는 볼멘소리로 재차 물었다.

"아니, 형 말고. 내 태몽이 뭐냐고."

"그건 몰라."

"모른다고?"

나는 황당해서 되물었다.

"왜 몰라?"

"내가 안 꿨으니까."

"그럼 누가 꿨는데."

"누군가는 꿨겠지. 그런데 나한테 말을 안 해주더라."

엄마는 슬슬 저녁을 준비해야겠다며 몸을 일으켰다.

"혹시 고모들 중에 한 명이려나."

그러더니 부엌으로 성큼성큼 걸어갔다. 싱크대 하부 장에서 냄비를 꺼내 물을 반쯤 채우고는 가스레인지 위에 올리고 불을 켰다. 냉장고 야채 칸에서는 대파를 꺼내 칼로 껍질을 벗긴 뒤 도마 위에 올려 큼직큼직하게 썰었다. 그래서 나도 자리를 털고 일어났다. 그럼 그렇지, 하면서 내 방으로 향하는데 등뒤에서 엄마가 큰 소리로 외쳤다.

"야, 저녁 준비할 동안 빨리 씻어."

나는 알았다는 뜻으로 한 손을 흔들어 보였다.

○

최근에 쓴 소설에서 나는 엄마를 등장시켰다. 이전에도 몇 차례 엄마를 묘사한 적이 있긴 했으나 이번에는 좀 달랐다. 내가 어릴 적에 상상하던 '진짜 엄마'의 모습을 담아낸 것이었다. 무슨 연유로 그리하게 됐는지는 알 수 없다.

소설 속에서 나는 '이경'이라는 이름의 삼십대 여성으로 등장한다. 어느 초여름, 이경은 일본의 도쿄로 혼자 여행을 떠난다. 십 년 넘게 근무한 회사에서 명예퇴직하며 받은 위로금을 여행에 전부 써버리기로 결정한 것이다. 이경은 난생처음 호텔 스위트룸에서 머물며 끼니때마다 인근 레스토랑에 들어가 그곳에서 가장 값비싼 메뉴를 주문해 먹는다. 국립서양미술관에서 예전부터 보고 싶어했던 빌헬름 하메르스회의 작품을 종일 관람하고, 고쿄 정원의 잔디밭에 누워 한가로이 볕을 쬐기도 한다. 한밤중에는 도쿄타워에 올라 소프트아이스크림을 먹으며 도시의 야경을 구경한다. 그러다가 사흘째 되는 밤 디즈니랜드에서 프로즌 포에버 쇼를 본 이후로 모든 것에 시들해져간다. 시부야의 활기 넘치는 스크램블 교차로를 거닐어도, 진보초의 규카쓰를 맛봐도 좀처럼 즐거움을 느끼지 못한다. 그래서인지 닷샛날 아사쿠사 센소지 템플에서 백 엔을 넣고 뽑은 점괘가 '흉凶'이었을 때, 이경은 조금도 놀라워하지 않는다. 그는 일본어 풀이 밑에 적힌 영문을 더듬더듬 읽어내려간다.

몸은 하나인데 마음은 둘이 됩니다. 벚꽃이 풍파를 겪고 떨어지는 시기입니다. 당신의 소망은 이루어지지 않을 것입니다. 개기일식처럼 어두운 시간이 펼쳐집니다. 당신의 병은 한동안 낫지 않을 것입니다.

잃어버린 물건은 되찾을 수 없습니다. 가급적 결혼과 이사, 장거리 여행은 피하세요.

그날 이경은 나쁜 점괘를 뽑았을 경우 바로 옆 철망에 묶어 봉인하라는 문구를 미처 발견하지 못한 채 돌아선다. 근처 편의점에서 샌드위치와 우유로 대충 저녁을 때운 뒤 숙소로 돌아와서는 캔맥주를 홀짝이며 텔레비전만 본다. 그러다가 자정 무렵에 본 관광지 소개 프로그램을 계기로 여행 마지막날에는 가사이린카이공원에 가기로 마음먹는다. 일본 최대 규모의 대관람차에 탑승하여 하늘 높은 곳에서 자신의 점괘를 찢어버리고 싶어서다.

이튿날 오후, 이경은 게이요선을 타고 이동해 가사이린카이공원역에서 내린다. 따사로운 햇빛 아래 시원한 바람이 불고, 소풍 나온 가족 단위의 관광객들로 플랫폼은 시끌벅적하다. 역사를 나서자 탁 트인 들판 너머로 멀리 대관람차가 보인다. 그래서 이경은 공원 입구에 설치된 지도를 제대로 살펴보지 않은 채 무작정 산책로를 따라 걷기 시작한다. 하지만 대관람차까지의 거리는 상당했고, 곳곳의 표지판이 안내하는 방향으로 걸었음에도 길을 잃고 만다. 어쩌다보니 공원과 상

접한 도쿄만 연안에 다다르게 된다.

이경은 한숨 돌릴 겸 바다 앞 벤치에 앉아 유백색 모래사장 위로 넘실대는 파도를 바라본다. 혼자서 해변을 배회하는 여자아이를 눈으로 좇기도 한다. 열 살쯤 되었을까. 분홍빛 원피스에 노란색 고무장화를 신은 아이는 투명한 비닐봉지에 소라껍데기를 주워 담고 있다. 어느 순간 쪼그려앉아서는 소라껍데기를 후후 불거나 치맛자락에 닦으며 소중한 보물인 양 다룬다. 그러다가 문득 고개를 들어 이경을 바라본다. 둘의 눈이 마주치고 이경이 어색하게 손을 흔들어 보이자 아이는 허리를 펴고 일어선다. 갑자기 제 어머니가 서 있는 곳을 향해 달음박질하기 시작한다. 그러면서 소라껍데기가 담긴 비닐봉지를 바닷가에 던져버린다. 아무 미련 없이.

대관람차는 광활한 초원에 우뚝 서 있다. 그 주변은 은빛 돗자리를 펴놓고 도시락을 먹는 남녀와 분홍색 고무공을 튕기며 노는 아이들로 북적인다. 한 남자아이가 버블 건의 방아쇠를 당기자 공중에 크고 작은 비눗방울이 쏟아져나온다. 무지갯빛으로 흩날린다. 이경은 그 사이를 지나 곧장 매표소로 향한다. 긴 줄을 따라 이동하고, 무료로 진행되는 기념사진 촬영을 마다한 채 홀로 관람차에 오른다. 마침내 공중으로 떠오르기 시작한다.

관람차는 더디게 상승한다. 천장 한구석에 달린 스피커에서는 이경이 조금도 알아들을 수 없는 일본어 방송이 낮은 볼륨으로 흘러나온다. 지직거리다가 뚝 끊어진다. 사위가 쥐죽은듯 고요해지고, 이경은 딱딱한 등받이에 기대앉아 두 무릎을 끌어안는다. 창 너머로 조금 전에 지나쳐온 공원의 소로가 내려다보인다. 입체적이던 지면이 서서히 멀어지며 실감을 잃고 한 폭의 그림처럼 평평해진다. 지상의 모든 것이 극소한 크기로 변모하자 그 옆에 광막하게 펼쳐진 잿빛 바다도 어쩐지 거짓 같다.

시간이 지날수록 이경은 관람차 안의 산소가 희박해지는 것을 느낀다. 이국의 공중에 홀로 떠 있다는 감각에, 마치 세상의 끝에 당도한 것만 같다는 기분에 사로잡힌다. 적막 속에서 자신의 숨소리만 들린다. 그사이 정점에 가까워진 관람차에는 강렬한 햇살이 쏟아져들어온다. 이경은 시린 빛에 두 눈을 감았다가 뜨는데, 그때 맞은편 좌석에서 익숙한 실루엣을 발견한다. 헛것이라고 생각해 손등으로 눈가를 문질러보지만 그 모습은 여전히 그곳에 있다.

"엄마."

이경은 가까스로 입을 뗀다.

엄마는 희미한 미소를 띤 채 이경을 바라보고 있다. 이경은 뭔가를 말하고 싶은 충동을 느끼는데, 이 순간이 곧 지나가리라는 예감에 조급해지는데, 그래서 어떤 말도 꺼낼 수 없다. 하고 싶은 말이, 그동안 엄마에게 털어놓고 싶었던 이야기가 너무 많았으니까.

"⋯⋯엄마."

들이치는 빛에 이경은 다시 눈을 감는다. 얼마 후 눈을 떠보면 맞은편에는 아무도 없다.

그러다가 관람차가 덜컹하고 멈춰 섰을 때, 곧 폐곡선을 그리며 하강하기 시작했을 때, 주위의 빛이 서서히 사그라들고 이경은 자세를 고쳐 앉는다. 옷소매로 눈가를 닦고, 다시금 부풀어오르는 창밖의 풍경을 응시한다. 그러다가 바지 주머니에 손을 넣어 점괘 종이를 꺼내든다. 펼쳐서 다시 한번 읽고는 그대로 구겨버린다. 이경은 그것을 입에 넣어 잘근잘근 씹는다. 한참을 오물거리다가 꿀꺽 삼킨다.

지상에 도달하자 웃는 얼굴의 직원이 다가와 문을 열어준다. 이경은 가벼운 동작으로 관람차에서 내린다. 땅에 두 발을 디딘 채 주변을 둘러본다. 세상은 전과 달라진 것이 하나도 없다. 이경은 회랑처럼 이어진 길을 따라 걸음을 옮긴다.

좁고 긴 통로의 끝에는 출구가 있으리라.

○

올 초 설에는 연휴를 맞아 늦잠을 잤다. 이불 속에서 한참을 뭉그적거리다가 정오가 다 되어서야 몸을 일으켰다. 방문을 열어보니 현관 앞에 크고 묵직한 비닐봉지들이 놓여 있었다. 마트에서 배달 온 물건들인 듯했다. 마침 안방에서 실내복으로 갈아입고 나온 엄마가 나를 향해 말했다.

"뭐하니? 보고만 있지 말고 부엌에 좀 갖다놔."

나는 잠이 덜 깬 얼굴로 그 봉지들을 가져다 날랐다. 매듭을 풀어서 안에 든 것들을 식탁 위에 하나씩 꺼내놓았다.

"갈비찜 하려고?"

내가 진공포장된 고깃덩어리를 꺼내며 묻자 엄마가 곁으로 다가와 다른 봉지를 풀어헤치면서 말했다.

"응, 명절엔 갈비지."

"전은 왜 이렇게 많이 해? 작년에도 남아서 버렸잖아."

"야."

엄마는 팔꿈치로 나를 툭 밀쳤다.

"집에 전 냄새가 잔뜩 나야 명절 기분이 나지. 싫으면 말아

라. 내가 다 먹을 거니까."

나는 봉지 안에 든 것들을 전부 꺼내놓은 뒤 욕실로 향했다. 세수를 마치고 나와서는 옷을 갈아입었다. 발코니에서 오래된 신문지를 몇 장 가져와 거실 바닥에 깔고 그 위에 앉아 전 부칠 재료들을 다듬었다. 그사이 엄마는 핏물이 빠진 갈비를 냄비에 넣고 물엿과 양념을 곁들여 펄펄 끓였다. 고기가 익어갈 즈음에는 무와 표고버섯, 당근, 대파도 잔뜩 썰어 넣었다. 우리는 나란히 앉아서 전기 그릴에 꼬치전과 명태전, 호박전, 동그랑땡을 수십 개씩 부쳤다. 오후 다섯시를 넘겨서야 마칠 수 있었고, 주방까지 정리하고 나니 어느새 바깥이 어둑어둑했다. 우리는 식탁에 마주앉아 저녁식사를 했다.

"형네 안 오겠지?"

엄마가 갈비 한 점을 오물오물 씹다가 말했다.

"기대를 하지 마."

나는 젓가락으로 동그랑땡을 집으며 덧붙였다.

"기대를 안 하면 실망도 안 하잖아."

"아이고."

엄마는 기가 찬다는 듯 나를 쳐다보았다.

"동생으로서 형한테 먼저 연락해볼 생각은 안 해? 명절인데 집에 좀 오라고."

"안 해."

"왜?"

나는 동그랑땡을 입안에 넣고 꼭꼭 씹다가 말했다.

"엄마, 형이랑 나는 원래 이랬어. 어린 시절부터 서로를 챙기거나 살갑게 대화를 나눠본 적이 없어. 그렇다고 사이가 나쁜 건 아니야. 그냥 이게 우리라고. 그러니까 제발, 이제는 그런가보다 해."

나는 똑같은 말을 작년에도, 재작년에도 하지 않았느냐고 따져 묻고 싶었지만 꾹 참았다. 이제는 참는 게 가능했으니까. 했던 말을 하고 또 해도 소용이 없다면 하지 않는 편이 가장 좋겠구나, 왜 이걸 이제야 알았나 싶었으니까. 이윽고 엄마는 젓가락 끝으로 식탁을 톡톡 내리치며 말했다.

"대체 너희는 뭐가 문제니?"

나는 고개를 설레설레 저었다.

"아무 문제 없어. 그러니까 밥 좀 먹자, 밥."

"그래, 많이 먹어라."

엄마는 주먹만한 갈비를 하나 집어 내 밥그릇 위에 던지듯 올려놓으며 말했다.

"갈비를 먹으라고, 갈비를."

식사를 마친 뒤에는 엄마가 음식들을 반찬통에 옮겨 담았고 내가 설거지를 했다. 나는 수세미에 거품을 잔뜩 내 뜨거운 물과 함께 접시의 기름기를 몇 번이나 닦아냈다. 그동안 엄마는 식탁 위를 치우고 내친김에 냉장고 안까지 정리하다가 유통기한이 얼마 남지 않은 캔맥주를 발견했다. 그래서 우리는 발코니에 식탁 의자를 가져다놓고 나란히 앉았다. 밤하늘에 떠오른 달을 올려다보며 맥주를 마셨다.

"요즘에도 소원을 비나."

엄마의 말에 나는 글쎄, 하면서 덧붙였다.

"보름달도 아니고…… 그래도 빌 사람은 빌겠지."

"그럼 나도 빌어야겠다."

엄마는 창턱에 캔을 내려놓고 두 손을 가지런히 모았다. 오초 정도, 눈을 감은 채 꼼짝도 하지 않았다. 맞닿은 손가락들이 엄마의 아랫입술에 닿을락 말락 했다. 나는 기도가 끝나기를 기다렸다가 물었다.

"뭘 빌었어?"

엄마는 나를 바라보다가 한쪽 눈썹을 치켜올렸다.

"안 알려줄 건데."

"그래, 관둬."

"너 연애 좀 하게 해달라고."

나는 무슨 그런 소원을 비느냐고, 주책이라고 말한 뒤 손등으로 입가를 닦아냈다. 엄마가 나의 연애 상대로 여자를 생각했는지 남자를 생각했는지 묻고 싶었지만 모르는 편이 나을 것 같아서 묻지 않았다. 나는 맥주를 홀짝이며 어스름이 내려앉은 동네 풍경을 응시했다. 헤드라이트를 켠 승용차가 비탈진 골목을 느릿느릿 빠져나가고 있었다. 바로 아래층에서는 청소기를 돌리는지 위잉위잉 하는 기계음이 한참 동안 울리다가 뚝 그쳤다. 나는 엄지손가락으로 캔의 몸통을 꾹꾹 누르다가 말했다.

"엄마."

"왜?"

"엄마는 내가 연애를 했으면 좋겠어?"

"하면 좋지, 왜?"

"아니, 그냥……"

나는 머뭇거리다가 덧붙였다.

"사실 나는 사랑이 뭔지 모르겠어."

엄마는 나를 쳐다보다가 어이없다는 듯 웃었다.

"취했니?"

"정말로."

나는 미소를 짓지도, 엄마를 향해 고개를 돌리지도 않은 채 말을 이었다.

"왜 살아야 하는지도 모르겠고."

엄마는 그제야 웃음을 그치더니 아이고 진짜, 하면서 탄식했다. 창밖을 내다보며 중얼거리듯 말했다.

"부모 앞에서 못하는 소리가 없네."

나는 대꾸하지 않고 가만히 있었다. 우리 사이에 얼마간 침묵이 흘렀다. 그동안 나는 어둠 속에서 점점 또렷한 형태로 떠오르는 붉은색 십자가들을 건너다보았다. 하나, 둘, 셋, 넷, 다섯, 여섯…… 동네에 교회가 참 많구나 생각했다. 만약 세상에 십자가의 개수만큼 신이 존재한다면, 이렇게 도처에 널린 게 신이라면, 어쩌면 신은 없는 것이나 마찬가지겠구나 싶었다. 그때 엄마가 옛날에 말이야, 하면서 나지막이 입을 열었다.

"혹시 기억나니? 너 아주 어릴 때, 창신동에서 살던 시절 말이야."

나는 고개만 끄덕였다.

"내가 너희들 낳고, 너희 아버지 잃고 나서…… 옥탑방에서 거지같이 살던 때 말이야. 그때는 정말이지 나도 왜 살아야 하는지 모르겠더라. 하루하루 눈앞이 캄캄했거든. 그래서 솔직히 말하자면……"

엄마는 맥주를 한 모금 들이켠 뒤 말을 이었다.

"이제 와서야 하는 말인데, 너네랑 같이 죽으려고 한 적이 있어. 딱 한 번, 그랬지. 연탄불 피워놓고서 다 같이, 그냥 눈 딱 감고 죽어버릴까…… 하늘나라에 가서 너희 아버지 만날까 싶었던 거야."

처음 듣는 이야기였다. 나는 내심 놀랐지만 아무렇지 않은 척 잠자코 있었다. 그래야 엄마의 이야기를 마저 들을 수 있을 것 같았다.

"그래서 정말로 연탄이랑 라이터를 사서 방에 앉았는데, 너희들 재우고 불붙여서 다 끝내버리려 했는데 말이야. 그날 네 형은 일찌감치 곯아떨어졌는데, 네가 끝까지 안 자고 버티더라. 계속 내 팔에 엉겨붙으면서 마, 마마, 하면서 쳐다보는데…… 그때도 징그럽게 말을 안 들었지. 너무 어리니까 한 대 쥐어박을 수도 없고 혼낼 수도 없어서 그냥 네 옆에 모로 누웠어. 잠들 때까지 네 가슴을 토닥여줬지. 그래야 네가 겨우 잘까 말까 했거든. 자장자장 우리 아가 잘도 잔다 우리 아가 앞집 개야 짖지 마라 뒷집 개야 짖지 마라. 그놈의 자장가를 몇 번이나 불렀는지 모르겠다. 그러다가 지쳐서 내가 먼저 잠들었지 뭐야…… 다음날 아침에 화들짝 일어나서 자고 있는 너랑 네 형부터 살피는데, 나도 모르게 너희 코밑에 손가락부터 대보는데 말이야. 호흡이 느껴지더라."

그쯤에서 엄마는 말을 멈추고 엄지손가락으로 이마를 문질렀다.

"그게 그렇게 뜨거웠어. 너희들 숨이…… 뜨겁더라. 그래서 살기로 했던 것 같아."

나는 엄마의 옆얼굴을 바라보았다. 창밖의 달무리를 올려다보는 눈빛도, 꾹 다문 입술도, 남은 맥주를 탈탈 털어 마신 뒤 차분히 숨을 고르는 모습도 지켜보았다. 이윽고 아래층에서 손님들을 맞이하는지 화기애애한 웃음소리와 함께 여러 사람의 목소리가 한꺼번에 들려왔다. 어머, 안녕하세요, 오랜만이에요, 어서들 오세요, 반갑습니다, 이게 얼마 만이에요, 들어오세요, 여기 앉으세요, 이쪽이 따뜻해요, 네, 여기요, 이쪽이 따뜻해요.

우리는 그 환대의 목소리들을 들으며 앉아 있었다. 선선한 바람이 볼을 스치며 지나갔다. 그러던 어느 순간 엄마가 자리에서 일어났다. 무심코 고개를 돌리려는데 엄마의 손바닥이 내 등을 탁 하고 후려쳤다. 어찌나 세게 때렸는지 허리가 쭉 펴지면서 정신이 번쩍 들 정도였다.

"그러니까 살아, 이놈아."

엄마는 빈 캔을 확 구기더니 거실 쪽으로 가며 말했다.

"정초부터 재수없는 소리 좀 하지 말고."

〇

슬픔을 끌어안은 채 살아가야 한다.

누구나 그렇다.

그런 생각을 하며 나는 지하철에서 내린다. 함께 하차한 승객들과 플랫폼을 지나 가파른 계단을 오른다. 오전 여덟시 사십오분, 개표구를 빠져나와서는 출근길에 거의 매일같이 들르는 역내 편의점에 들어선다. 그 시간에 그곳에는 늘 같은 점원이 카운터 뒤에 서 있다. 나보다 열댓 살은 어려 보이는 외모에 단발머리를 한 여자다. 그가 입은 감청색 조끼에는 '신은혜'라고 적힌 명찰이 달려 있다. 그것이 정말 그의 이름일까 싶지만…… 은혜씨는 언제나 손님들에게 안녕하세요, 라고 인사한다. 그 인사말에는 다정함과 무심함이 딱 절반씩 담겨 있어서—그렇게 느껴져서—나는 은혜씨가 균형을 잡을 줄 아는 사람이라고 생각한다.

내가 온장고에서 밀크티 캔을 꺼내 카운터에 올려놓으면 은혜씨는 바코드를 찍은 뒤 천육백원입니다, 라고 말한다. 그때마다 나는 은혜씨가 매일 같은 시각에 같은 음료를 구매하는 나를 기억하리라 짐작하지만 결코 나를 알은체하지 않으리라는 예감에 안심한다. 이따금 그런 적이 있었으니까. 일주일에 한두 번씩 찾아가던 가게에서 직원이나 사장이 내게 인사를 건네기 시작하면("어머, 또 오셨네요? 이거 말고 저거 좋아하시잖아요") 나는 다시는 그곳을 찾아가지 않는다. 그렇게 된다. 그래서 나는 은혜씨가 안녕하세요, 라고 맞이한 뒤 안녕히 가세요, 라고 배웅할 때마다, 다정함과 무심함이 딱 절반씩 담긴 목소리로 인사할 때마다 깊이 안도한다. 가끔은 그 균형과 일관을 확인하기 위해서 그곳으로 향한다는 생각이 들 정도이다.

나는 따뜻한 밀크티 캔을 점퍼 주머니에 넣은 채 지하철역 출구를 벗어난다. 간밤에 내린 눈이 미처 다 녹지 않은 거리에서 차갑고 매서운 바람을 맞으며 걷는다. 한 손으로는 주머니 속에 든 캔을 꽉 움켜쥔다. 그 온기. 그때마다 나는 어째서인지 누군가의 심장을 쥐고 있는 듯한 기분이 든다. 그것은 내 심장 같기도 하고, 내가 사랑하는 이의 심장 같기도 하다. 그래서 내가 마침내 뭔가를 온전하게 차지한 것 같은…… 그래, 그런 기분이다. 하루 중 나는 그런 순간이 더없이 소중하다. 내가 삶에서 가까스로 구할 수 있는, 거의 착각에 불과하지만 작은 위안을 얻는 순간 말이다.

○

그리고 나의 첫 기억.

생애 최초의 시퀀스에 대해 덧붙여 말하고 싶은 것이 있다.

유원지에서 엄마를 잃고 혼자 헤매고 다녔을 때, 수풀이 우거진 길을 따라 한참을 걸어야 했을 때, 나는 끊임없이 울고 있었다. 어깨를 들썩이며 목이 쉬도록 엄마를 찾았다.

엄마, 엄마, 엄마? 엄마? 엄마? 엄마! 엄마! 엄마…… 엄마? 엄마! 엄마! 엄마! 엄마. 엄마…… 엄마? 엄마? 엄마, 엄마, 엄마…… 엄마! 엄마, 엄마, 엄마? 엄마, 엄마! 엄마…… 엄마…… 엄마…… 엄마? 엄마? 엄마, 엄마! 엄마!

나는 그 장면을 여전히 꿈으로 꾸곤 한다. 서른일곱 살이나 되었지만 번번이 생애 최초의 시퀀스로 되돌아간다. 나비를 놓치고, 울면서 숲속을 헤매고, 휘청이며 걷다가 돌부리에 걸려 넘어진다. 정신을 잃고, 젖은 얼굴로 깨어나면서 내 방의 천장을 마주한다.

집안은 고요하다.

나는 옷소매로 눈가를 문지르며 호흡을 가다듬는다. 어린 시절부터 지금까지, 어쩌면 앞으로도 쭉, 잊을 만하면 한 번씩 나를 찾아오는 꿈. 아니, 내 안에서 불현듯 날개를 펼치며 의식의 표면 위로 날아오르는 꿈.

그때마다 나는 미아迷兒의 시간이 끝나지 않으리라 생각한다.

○

시간이 흘러도 달라지는 것은 없다. 없겠지. 그럼에도 뭔가 달라지리라는 희망을 놓아버릴 수 없다. 놓을 수 없기에 희망이라는 말에서는 종종 서글픈 감정이 배어난다.

왜 태어났을까.

그런 질문을 던지지 않은 하루가 기억나지 않는다. 어떤 대답을 돌려받은 하루가 기억나지 않아. 앞으로 새롭게 기억해야 할 일이 있을까. 그것들이 나한테 무슨 의미가 있을까. 알 수 없다. 알 수 없다는 생각을 곱씹다보면 자연스레 삶을 포기하고 싶어진다. 포기하고 싶어질 뿐 정작 포기한 적 없다는 사실에 망연해진다.

불가해가 생을 지속시키는 희망의 실체라는 문장을 읽은 적이 있다. 거짓말이다. 그렇지만 도망치지 않는 것이 최선의 생존법이라는 문장을 읽은 적은 있다. 거짓말이다. 나는 수없이 거짓말을 늘어놓으며 살아왔다. 살기 위해 거짓을 몸에 두르며 살아왔어. 이제는 그렇게 살고 싶지가 않다. 살고 싶지가 않아.

그러한 마음으로 창문을 열어보니 어느덧 캄캄한 밤이다. 어둠이 무거운 장막처럼 내려앉아 있다. 곳곳에 창백한 불을 밝히고 서 있는 가로등이 보인다. 가로등 빛을 머금고 활짝 피어난 백목련도 눈에 들어온다. 희디흰 꽃봉오리가 바람결에 이리저리 나부끼는 모습은 마치 누군가를 향한 손짓 같다.

언제였더라.

엄마는 목련이 봄의 시작을 맞이하는 꽃이 아니라 겨울의 끝을 배웅하는 꽃이라 했다. 그간의 모질고 억센 시절을 한껏 여리고 아름다운 자태로 떠나보내는 꽃이라고. 그 모습이 심히 환하고 주책스러워 사랑스럽기 그지없다고 했다. 누가 누구한테 뭐라는지. 겨울을 배웅하며 미소 짓는 엄마를 보고 있자니 비로소 봄이 오고 있다는 사실이 실감났다. 웃음이 나왔고, 뭔가를 실감하는 일이 나를 살아 있게 만드는 것 같았다.

o

엄마는 지치지도 않고 다시 일을 시작했다. 구청 일자리센터를 통해 한 달 내내 면접을 보러 다닌 끝에 동네 아파트 단지의 환경 미화 일을 맡게 되었다. 오전 일곱시에 출근하여 정오 무렵까지 아파트 106동과 107동의 현관, 계단, 각층의 난간과 바닥, 엘리베이터, 옥상을 쓸고 닦는다고 했다. 점심 식사 후에는 다른 동을 담당하는 아주머니들과 함께 지하 사층부터 지상까지 이어진 주차장을 청소한다고. 그렇게 주 오일을 일곱 시간씩 일하고 월급으로 백육십팔만원을 받는다고 했다.

"아직 요령이 없어서 그런지 손목이랑 발목이 욱신거려."

거실 바닥에 주저앉은 엄마가 다리를 주무르며 말했다.

"한두 달은 그럴 것 같네. 익숙해지면 좀 나으려나?"

나는 그 곁에 앉아 세탁물을 개키며 물었다.

"그렇겠지, 나아질 거야."

"일은 할 만해요?"

"할 만해. 매일 전체를 꼼꼼히 쓸고 닦는 것도 아니야. 하루는 계단 위주로, 하루는 난간 위주로, 하루는 주차장 위주로, 그렇게 돌아가며 조절을 하는 거지. 가끔 이사가 들어오거나 나가면 그 층에는 좀더 신경을 써야 하고."

"그렇겠네."

"미싱 일을 할 때만큼 벌지는 못해도, 좋아. 다른 아주머니들도 성격이 둥글둥글하고. 알고 보니 반장 아주머니가 나랑 동향이더라고. 만나자마자 반갑다면서 꼭 끌어안는데, 왠지 민망하면서도 웃음이 나오더라. 어쨌든 괜찮아. 집에서 멍하니 앉아 있는 것보다 몸을 움직이니까 훨씬 나아."

그때 나에게는 돈벌이가 시원찮아도 움직이는 게 좋다, 일하는 게 좋다, 라는 엄마의 말이 사는 게 좋다, 라는 말처럼 들렸다. 어째서인지 그런 식으로 듣게 되었고 대단하네, 라고 생각했다.

이제 엄마는 오전 여섯시 반 즈음 집을 나선다. 내가 휴대전화의 알람 소리를 듣고 깨어날 시각이면 이미 출근하고 없거나 막 현관에서 신발을 꿰어 신고 있다. 그러면 나는 잠결에 방문 너머에서 들려오는 엄마의 기척을 듣는다. 부드럽고 따뜻한 이불에 파묻혀 엄마가 상체를 숙인 채 신발끈 묶는 소리를, 현관문이 끼익 열리고 쿵 닫히는 소리를, 도어록이 경쾌한 멜로디와 함께 철커덕 잠기는 소리를, 엄마가 대리석 계단을 쿵쿵 내디디며 아래로 한 칸씩 멀어져가는 소리를 듣는다. 그때 나는 일정한 리듬을 가진, 점점 아득해지는 발소리에 귀기울이며 엄마가 간다, 가, 라고 중얼거린다.

엄마가 간다.

간다.

가.

엄마.

그러다가 혼곤한 잠에 다시금 빠져들기도 한다.

이따금 엄마는 신발을 신다 말고 내 방문을 향해 소리치기도 한다. *아침 챙겨 먹어라. 찌개 끓여놨어. 거실에 사과 깎아 놨다. 출근 잘해. 오늘 오후에 비 온단다. 우산 챙겨라. 이놈의 새끼는 운동화를 왜 이렇게 벗어놨어. 어우, 지긋지긋해.*

그러면 나는 이불을 끌어안은 채 조용히 미소 짓는다. 엄마에게 닿지 못하리라는 걸 알면서도 나직이 중얼거린다. *네, 알았어요. 미안해요. 고마워요. 안녕히 다녀오세요.*

잠이 깨면 이불을 걷고 일어나 텅 빈 거실로 나간다. 욕실로 들어가서 찬물로 세수하고 머리를 감는다. 혼자서 간단하게 아침식사를 차려 먹은 뒤에는 설거지를 한다. 옷을 갈아입고, 출근 준비를 마치고는 잠시 동안 창 너머로 해가 떠오르는 정경을 응시한다.

언젠가는 정말 혼자서 아침을 맞이하게 되리라. 엄마 없이 살아가게 되리라. 그런 날은 올 것이다. 모든 것은 종료되니까. 마지막에 이르고, 기어이 끝나고야 마니까.

나는 아주 어린 시절부터 그날에 대해 생각해왔다.
평생 그날에 대해 생각해왔다.

끝.

　놀라운 사실은 끝을 가늠하다보면 아직 남아 있는 시간들
이 느껴진다는 것이다. 희미하게나마 어떤 가능성들이 눈에
보일 듯하고, 손에 잡힐 듯 아른거린다는 것이다.
　그러면 나는 그쪽으로 나아갈 수 있다. 한 걸음, 적어도 한
걸음은 더 옮길 수 있다. 속는 셈 치고 하루만, 오늘 하루만
더, 하면서.

　그렇게 살다보면 진정한 끝에 이르게 될 것이다.
　그곳에도 엄마가 있을 것이다.

김건형(문학평론가)

　당선작 『어둠 뚫기』는 제목처럼 전심전력을 다해 어둠을 뚫어가려는 일인칭 서술이 간절하게 느껴졌다. 덕분에 에피소드를 나열하는 느슨한 구성을 화자가 돌파해온 시간의 연속체를 담는 효과적 전략으로 이해할 수 있었다. 문장이 차분하며 사건이 사실적이고 생생해서 모범적이라는 데 다른 심사위원들도 이견이 없었다. 퀴어 가족사 소설을 근래 들어 자주 만나고 있지만 장편의 무게로 게이 모자 관계에 이토록 천착하는 열정을 만나는 것은 흔한 일이 아니다.

그럼에도 읽는 동안 이 단정하고 차분한 화자가 '언어/도구'를 너무 적게 들고 있는 것은 아닌지 우려됐다. 화자의 가족 구도가 오이디푸스 도식(의 선험적 동성애 억압)을 연상하지 않기 어려웠고 게이 남성의 섹슈얼리티(의 '수동성')에 대한 고뇌, 모자의 쌍방향적 인정 투쟁이라는 핵심 주제가 다소 수세적으로 보이기도 했다. 앞선 세대의 게이, 트랜스젠더 인물이 규범적 남성성에 맞서고자 (이성애적) 여성성을 심리적, 감정적으로 전유하던 서사 구도에서 크게 벗어나지 못한 것은 아닐까. 게이 남성성을 여성성과 유비하는 것은 효과적인 (생존) 전략이지만, 이제 그보다는 더 많은 자원이 주어져 있지 않은가(가령 '여성성'을 연극적으로 거부하면서도 활용하는 장면에서, 그 쾌락과 정동을 덜 이분법적이고 더 퀴어한 수행으로 밀고 나갔다면?). 물론 여전히 완고한 한국사회의 가족/재현 규범 속에서 고유한 생애를 구축해낸 화자의 고투를 축소해서는 안 되겠지만, 그 구속력에서 과감하게 벗어나려는 동시대 퀴어 소설/담론의 성취를 우회하는 것은 아닐지 우려되었다. 그러다보니 화자의 삶이 가진 실물감에 비해, 인물의 운명과 서사의 목표가 미리 정해진 것 같다고 느꼈다. 결국 애증 안에서 살아가는 현재를 긍정하는 것 외에 다른 돌파구를 찾지 못한다면, 이 소설은 한국적 가족 구도로 인한 상처를 곱씹는 전형적 게이 캐릭터를 재확인하는 데 그치는 것이 아닐까.

하지만 마지막 페이지를 덮을 때는 반대로 그 전형(이 여전히 강력하기에 어쩌면 이 아쉬움이야말로 역사적 이중 구속일까?)을 붙잡고 늘어지는 것이, 그 양가성을 전면으로 가시화하는 것이, 이를 상대하는 우리 시대의 가장 정직한 방법일 수 있겠다는 기대가 생겼다. 이 성실하고 끈질긴 화자는 우울과 불안을 겪으며 자신이 지닌 전형성을 고유성으로 승화하는 데까지 이른 것 같다. 이미 예상한 감정을 다시 경험하는 데서 오는 흐뭇한 허무함. 어쩔 수 없이 그것이 현세의 인간이 살아가는 방식임에 동의했다. 상처를 쓰다듬는 화자의 마음은 그(만)의 경험 너머로 나아가는 공감의 토대가 될 것이다. 담론에 대한 서사의 판정승인 셈이다. 화자가 말하듯, "충분해. 그거면 됐어". 이 작가를 더욱 믿을 수 있게 되었다.

김홍(소설가)

『어둠 뚫기』를 처음 읽었을 때, 이 소설이 심사 과정에서 주요하게 다뤄질 수작이라는 것이 명백해 보였다. 그리고 나는 이 소설이 당선되는 데에 반대의 한 표를 던져야겠다는 분명한 입장을 가지고 심사장에 들어갔다. 개인적으로 소설은, 특히 장편소설은 인물이 사건을 겪으며 처음 출발할 때와 다른 존재로 변모해가는 모험이어야 한다고 생각하는 편이다. 나아가 이야기의 형식 자체가 서사와 함께 모험을 겪어나갈 때 독서의 쾌감이 무한히 증진된다고 믿는다. 『어둠 뚫기』는 그런 점에서 지나치게 개인에 침잠한 이야기라는 생각이 들었고, 화자가 자신을 확장하는 대상이 '엄마'라는 점에서 어떤 종류의 서사적 모험을 포기한 것처럼 느껴졌다.

하지만 최종적으로는 이 소설을 지지하는 쪽으로 돌아섰다. 처음 가졌던 반대의 입장만큼이나 분명하고 확고했다. 다른 작품들이 보여준 각자의 성취가 분명히 있었지만, 『어둠 뚫기』만큼 진실한 목소리로 삶과 고통을 드러내지 못했다는 것이 명백했다. 어떤 화려한 미학도 한 인간의 내면에 대한 진지하고 깊은 탐색만큼 감동적일 수 없으며, 가장 치열한 모험은 형식이 아닌 인간의 본질 그 자체에 대한 것이라는 깨달음을 심사 과정에서 얻을 수 있었다. 오히려 독자로서의 나를 심하게 흔들어놓았기 때문에 반발하고 싶은 마음이 들었던 게 아니었을까, 하고 자신을 돌아볼 따름이었다. 이 소설이 통과한 '어둠'을 많은 독자들이 함께 건너가며 공명하길 기대한다. 좋은 작품을 써준 작가에게 감사를 전한다.

박형서(소설가)

『어둠 뚫기』는 어머니에게 애증을 가진 동성애자 남성이 주인공인 오토픽션으로서, 오늘을 살아가는 젊은이의 현실 인식이 돋보였다. 사변적이되 세련되고 잘 다듬어진 문체였다.

고백하자면 나는 이 심사 결과가 썩 만족스럽지는 않았다. 『어둠 뚫기』가 예쁘긴 참 예쁜데, 아무래도 나를 두고 양다리를 걸칠 것 같은 소설이었다. 그러나 어쩔 텐가. 심사가 끝나고 중국요리를 먹는 내내 뒤늦은 넋두리를 쏟아놓은 다음, 나는 이 중매결혼을 받아들이기로 했다. 우리 행복하게 잘 살게요.

오은교(문학평론가)

퀴어 문학의 빛나는 담론적 성취들이 어느덧 두툼해졌기에 작품에 대한 개별적 평가가 박정하지 않다면 그 또한 사실이 아닐 테지만, 『어둠 뚫기』는 그러한 사정조차 감당하겠다는 작정을 이미 마쳤다고 느껴졌다. 내다버릴 수도 없고, 끌어안을 수도 없는 시난고난한 섹슈얼리티의 문제를 '봉제'라는 메타포와 함께 엮어낸 기술은 이 작품이 초보자의 것이 아님을 단박에 알게 했다. 소설에는 자기를 잃어야만 자기가 될 수 있다고 얘기하는 장면이 반복적으로 나오는데, 그 존재론적 거듭되기의 피로함과 영광이 조곤조곤한 문체와 플롯으로 잘 전달되었다. 이 소설이 여러 권의 책과 전시와 영화를 빌려 말하고 있듯 퀴어 문학의 진정한 재미는 독해에서 나온다. 많은 심사위원들께서 어둠을 뚫어 이 소설을 읽어내주셨다. 가끔씩 독서를 하며 이런 기분을 맛보게 된다. 작가의 염력을 함께 지켜보며 이미 졸아들 대로 졸아들어 달콤해진 마음으로 허기를 달래는 느낌. 눈을 뜰 수 없게 하는 강력한 빛보다 눈을 똑바로 뜰 수 있어 침침한 빛을 더 선호하는 이들은 잘 보이지 않던 사람들이 곁에 있다는 신호를 보내줄 때 감격한다. 이 소설이 그런 역할을 해줄 것이다. 오늘만은 작가님께도 조금 더 센 빛을 송신하고 싶다. 당선을 축하드린다.

이주혜(소설가)

　예심에서 『어둠 뚫기』를 처음 만났을 때 심사중임을 잠시 잊고 독서에 빠져들었고, 마지막 페이지를 읽고 현실로 돌아와서는 본심에 가져갈 작품이 생겼다는 생각에 퍽 안도했다. 이 소설을 납작하게 요약하자면 퀴어 남성이 어머니와의 복잡한 관계를 통해 자신의 여성성을 진지하게 고민하는 이야기다. 오이디푸스콤플렉스와 엘렉트라콤플렉스가 묘하게 엇갈리고 어긋나는 주변부를 헤매며 어디로도 회귀하지 못하는 반영웅 서사로도 읽을 수 있었다. 그동안 우리에게 찾아온 수많은 퀴어 서사와 모녀 서사, 정신분석 이론 기반 서사 들을 훑어보면 언뜻 새로워 보이지도 않는 이 소설에 마음이 움직인 것은 고통에 가까우리만큼 철저한 자기 해부와 자기 폭로 때문이었다. 자신을 둘러싼 어둠을 뚫고 들어가 그 끝에서 마주한 고통과 치부를 감추지 않고 빛의 방향으로 끌고 나오는 용기와 솔직함이 이른바 자기 서사라 부를 만한 이 소설의 가장 눈부신 성취라고 믿는다. 나란한 길을 가는 동료이자 독자로서 깊은 축하와 경애의 마음을 전한다.

인아영(문학평론가)

처음부터 『어둠 뚫기』를 강력히 지지하지는 못했다는 사실을 고백해야 할 것 같다. 자신의 가장 내밀한 바닥을 끈질기게 이해해보려는 인물의 안간힘에 마음이 움직였지만 어머니를 향한 애증을 그려낸 남성 퀴어의 이야기라면 이제는 조금 익숙할 뿐만 아니라 제법 반복된다고 생각했기 때문이다. 본심에서도 바로 그 논점을 둘러싼 각축이 있었다. 남성 퀴어 서사에서 여성성에 대한 고민을 파고들었다는 점이 새롭다는 입장과 바로 그 점이 담론적으로나 서사적으로나 새로울 것 없다는 입장이 부딪쳤다. 심사를 하는 도중에 그리고 심사가 끝난 뒤 의견을 정리하면서 나는 생각이 조금 바뀌었는데 이 작품의 새로움에 설득되었기 때문은 아니었다. 이 소설이 지난 몇 년 동안 폭발적으로 축적된 퀴어 담론을 얼마나 갱신했는지 가늠하는 맥락이 생산적이라는 사실을 알고 있고, 특히 퀴어 서사에 있어서는 그러한 맥락이 작품을 판단하는 데 첨예한 기준이 되는 까닭도 이해하고 있지만, 이 시점에서라면 다른 요소를 더 읽어낼 필요가 있다고 생각하게 되었기 때문이다. 『어둠 뚫기』는 설령 새로운 소설이 아닐지라도 좋은 소설이다. 이 둘은 구분될 수 있으며 문학상의 기능은 새로운

소설을 발굴하는 데 못지않게 좋은 소설에 박수를 보내는 데
도 있다고 생각한다. 나는 이 소설의 주인공이 남성 동성 사
회의 약자이자 피해자로서 퀴어 남성이라는 정체성을 치열하
게 받아들이면서도 자신이 겪는 좌절감, 서러움, 수치심의 근
원을 손쉽게 외부로 돌리지 않고 내면의 얼룩덜룩한 멍울을
징그러울 만큼 집요하게 분석하는 점이 좋았다. 섹슈얼리티
에 대한 고민, 엄마, 아빠, 형과의 관계, 군대와 회사 생활에
서 겪은 숱한 실패가 남긴 사소한 흔적 하나도 모른 척하지
않고 가장 연약한 피부 아래를 뜯어서 인간의 고통을 끈질기
게 이해해보려는 노력이 아름다웠다. 무엇도 섣불리 낭만화
하지도 확신하지도 않고 조심스럽고 냉정하게 스스로를 해부
하는 자기 기술지. 이 자기 기술지에서 드러나는 것은 취약함
이 아니라 그 취약함을 가능한 한 끝까지 밀어붙이려 애쓰는
강인함이다. 그 애씀에 감동받지 않을 수 없었다. 응모작을
읽으면서 박선우 작가가 어렴풋이 머릿속을 스쳤었지만 정말
로 그일 것이라고 확신하지는 못했다. 박선우 작가가 지금까
지 써온 소설들을 떠올리니 이 작품이 더 귀하게 느껴진다.
당선을 진심으로 축하드린다.

정한아(소설가)

『어둠 뚫기』는 본심에서 내가 지지했던 단 한 편의 작품이었다. 남성 동성애자인 화자가 경증 장애인인 어머니와 한집에 살면서 겪는 소통의 문제, 정체성의 문제를 다룬 이 소설은 언뜻 별사건 없이 흐르는 이야기 속에서 불쑥불쑥 드러나는 고통의 정념이 인상적이다. 여성성을 지닌 이 남성은 결코 여성성을 온전히 이해할 수 없으며 합의에 가닿을 수도 없다. 그에게 그것은 일그러진 폭력으로, 굴복으로, 수치와 모멸로밖에 체화되지 않는다. 여성성을 지닌 선배로서, 장애를 가진 소수자로서 앞서 삶을 살아낸 어머니가 있으나 그와의 일치도 불가능에 가깝다. 접점도 없고 소통도 어긋난다. 그래도 그는 어머니를 사랑한다고 말한다. 한평생 재봉질을 하며 살아온 어머니. 무학에 장애를 지니고도 삶에 대한 기대를 버리지 않는 어머니. 화자는 자신이 걸어가는 길 끝에 그 어머니가 있음을 믿는다. 제목인 '어둠 뚫기'는 기실 그 여정을 일컫는다. 애증에 가까운 사랑의 모순에 대해 쉽게 답을 내려 하지 않는 작가의 윤리적 태도에 신뢰와 공감을 느낄 수 있었다. 이 소설은 일종의 오토픽션으로 일부에서는 출판 편집자이자 소설가인 남성 동성애자라는 설정이 기시감을 불러온다는 의견이 있었다. 나 역시 그러한 우려를 이해하지 못하는 것은 아니었으나 그에 동조할 수는 없었다. 어느덧 퀴어 서사가 우리에게 너무 많이 들은 노래처럼 되어버린 것은 아닐까? 퀴어 서사라는 점을 제외하고 이 소설의 화자가 겪는 정체성의 혼돈, 성역할에 대한 고통스러운 질문은 새로운 것, 생생하게 살아 있는 날것이다. 여성의 신체와 젠더를 지닌 나에게도 유효한 것이다. 여성성은 왜 아직도 우리에게 모욕이 되는가. 진정한 의미에서 우리가 여성성을 긍정한다는 것이 가능한 일인가. 무겁고 다소 불쾌한 질문을 용기 있게 건넨 작가에게 힘을 보태어주고 싶다. 심사가 끝난 뒤 그가 박선우 소설가라는 사실을 알게 되었다. 이 상이 그에게 소설의 더 큰 조각을 잇는 재봉질이 되어주길 바란다. 당선을 축하드린다.

차미령(문학평론가)

수상작으로 결정된 『어둠 뚫기』는 본심작들을 한 편씩 읽어가다 처음으로 안도하는 마음이 들었던 소설이다. 이제는 당연한 말이 되겠지만 문장은 이미 작가의 것이었고, 서사는 초반부터 흡인력이 있었다. 그러나 동시에 불안하기도 했다.

화자의 지표 몇몇은 내포작가를 지시하고 있었는데, 자전적 글쓰기 방법(론)에 대한 메타적 시선은 그럼에도 다소 옅어 보였다. 요컨대 이즈음의 맥락에서 이 읽기는 긴장된 독서일 수밖에 없었다.

소설은 경합한 다른 두 소설과는 달리 '자기'를 치열하게 해부한다. 독서 취향에서부터 섹슈얼리티, 성장기와 청년기에 반복적으로 경험한 폭력적 상황에 이르기까지, '나'의 끈질긴 되짚기는 퀴어 정체성을 가운데 두고 이루어진다. 이 고백의 서사가 공들여 다시 호명하고자 하는 존재는, '나'의 역사 속에서 가장 친밀한 관계를 맺어왔던 타인, 즉 '엄마'이다. 여성 노동자이자 싱글맘이자 이제는 청력 장애로 보청기를 착용한 '엄마'는 '나'에게 이성애 규범적 가족주의를 체현해온, 오랜 갈등의 대상이자 불가해한 존재이다. '나'는 과연 끝나지 않는 "미아迷兒의 시간" 너머로 갈 수 있을 것인가.

이 질문을 밀고 나가는 소설의 호소력은 만만치 않은 것이었다. 심사 당시, 누군가는 『어둠 뚫기』를 두고 싸우고 있는 소설이라고 했다. 그 말에 가감 없이 동의한다. 처음에는 제목을 고쳤으면 좋겠다고 생각했지만, 지금은 이 제목만큼 소설을 잘 짚어낸 말도 없겠다 싶다. 적어도 내가 근래 만난 소설들 중에서 가장 절실하게 어둠과 맞서고자 한 소설이다. 이

절실한 힘의 깊이를 따라올 작품은 없었던 것이라고, 나는 심사 결과를 그렇게 이해한다. 작가의 다음 여정에 이번 소설이 작은 빛으로 자리하기를 바라는 마음이다. 수상을 축하한다.

한은형(소설가)

『어둠 뚫기』는 가장 읽기가 편한 소설이었다. 소설의 화자와 (아마도) 작가가 속해 있는 지성과 교양의 공동체가 심사를 하는 사람에게 가장 친숙한 세계라서 그랬을 것이다. 오랜 독서 이력과 견고한 문장으로 축조된 이 안정되고 단정한 서술은 그래서 읽기 어렵기도 했다. 상식적이고도 온화해서 뭐랄까, 모범답안처럼 느껴졌다. 가장 완성도가 있는 소설임이 분명했으나 심사란 것은 '문제작'을 뽑아야 하는 게 아닌가라고 생각했기 때문일 것이다. 오랜 논의와 몇 번인지 기억나지 않는 투표 끝에 『어둠 뚫기』가 당선작이 되었다. 진심에서 우러나온 글쓰기에 대한 사랑이 바로 글쓰기의 능력이라는 누군가의 말이 어울리는 작품이다. 자신을 해부해보는 이야기로 진심의 글쓰기를 해낸 작가에게 진심의 축하를 보낸다.

제30회 문학동네소설상 당선자가 누군지 전해들었을 때, 그건 내가 아는 이름이었다. 2018년 단편 「우리는 같은 곳에서」로 작품 발표를 시작한 박선우다. 그 순간, '소설상 당선'이라는 드라마틱한 이벤트에 대한 환호보다 드디어 그의 장편소설을 읽게 됐다는 기대감이 앞섰다. 이제 박선우는 두 권의 소설집에 더해 한 권의 장편소설까지 완성한 어엿한 작가로 분류될 것이다. '어엿하다'는 말은, 그 정도 작품 경력을 이어왔다면 조만간 누군가는 박선우 작품세계의 윤곽을 그려볼 거라는 뜻이다.

11월 어느 날 서울 모처에서 만난 박선우는 글쓰기에 대한 열정을 마구 불태우는 신인처럼 보이지는 않았다. 오히려 그는 꾸준히 타오르는 열정을 요령 있게 통제하려 애쓰는 사람에 가까워 보였다. 그는 내가 다소 집요한 방식으로 작성한 사전 질문지에 조금 질려하는 듯하더니 이내 편집 노동자 특유의 성실함을 발휘해 경쾌하고도 신중하게 자신의 대답을 만들기 시작했다. 당선자 소개를 목적으로 하는 가벼운 인터뷰라지만, 우리는 훗날 박선우론을 쓸 누군가에게 이 인터뷰 원고의 단 한 문장이라도 참고가 되도록 하자는 데 합의했다. 하여 우리는 리드미컬한 티키타카를 추구하되 변죽만 울리다 끝나지는 않도록 대화의 밀도를 섬세하게 조절하며 질의응답을 이어나갔다.

먼저 그가 '글쓰기에 얼만큼 익숙해졌는지', 그러니까 스스로의 문학적 행보에 대해 어떻게 생각하는지 물었다. 잘 알려졌듯, 일전에 그는 소설쓰기를 통해 비로소 자신이 게이라는 것을 스스로 받아들이고 그것을 공적으로 말할 수 있게 됐다고 거듭 밝힌 바 있다. 첫 소설집 『우리는 같은 곳에서』(자음과모음, 2020)가 성적 정체화의 규범적 서사로 수렴되지 않는 잠재적이고 유동적인 감정들을 골똘히 들여다봤다면, 두 번째 소설집 『햇빛 기다리기』(문학동네, 2022)는 한국사회에서 게이로서 산다는 것에 대한 자의식을 과감하게 내비쳤다.

그렇다면 이번 당선작이자 그의 첫 장편소설인 『어둠 뚫기』도 이런 자기 기획의 일환일까.

박선우의 진술에 따르면, 『어둠 뚫기』는 이것과 전혀 다른 형식과 내용으로 써진 두 편의 '망한' 장편 습작들을 '내다버린' 끝에 탄생했다. 『어둠 뚫기』에는 이전에 발표한 단편들, 특히 「겨울의 끝」(2021)에 등장하는 모티프와 에피소드들이 흥미로운 방식으로 확장·변주돼 있지만, 해당 단편을 쓸 때에는 그것이 더 큰 이야기의 일부가 되리라고는 생각하지 못했다고 한다. 오히려 그에게 과거의 장면들은 애써 간직해온 각별한 기억이라기보다는, 시간이 흐른 후에 자신의 의지와 상관없이 문득 기억의 수면 위로 부상해 새삼 돌아보게 된 것들이다. 그는 평소에는 잊고 지내다가 어느 순간 불현듯 떠올라 곱씹게 되는 것들을 소설로 쓰고, 그다음에는 그것들을 '떠나보낸다'고 했다. 특정 순간에 상기된 경험·감정·장면들을 소설로 씀으로써 그것들을 마음껏 '음미'하고는 그것들로부터 '벗어나'는 것. 즉 탐닉과 거리 두기야말로 그의 소설을 지탱하는 핵심적인 방법론이자 기술skill인 셈이다.

그러고 보니, 타인과 내밀한 감정을 나누고 농도 짙은 시간을 보낸 후 그와 단호하게 이별하는 장면들은 박선우 소설 곳곳에 인장印章처럼 부려져 있다. 『어둠 뚫기』에서만 보더라도, 군대 훈련소에서 육 주간 생사고락을 함께한 동기들이 수료식 날 서로 눈물 콧물 쏟으며 첫 휴가 때, 혹은 자대 배치 받은 후에 꼭 만나자고 연락처를 교환해놓고 실제로는 결코 만나지 않았다는 얘기, 크루징 상대로 서로를 처음 만난 남자들이 상대에게 자신의 치부를 가감 없이 내보인 후 재회를 기약하지 않는다는 얘기, 소설쓰기 수업에서 만난 이들이 각자의 소설에 자기의 '진짜 비밀'을 적고 이를 동료들과 공유하지만 수업이 끝난 후에는 절대 서로 만나지 않는다는 얘기들이 등장한다. 당신 소설에서는 왜 서로 내밀한 감정을 공유한 인물들이 그토록 가차없이 이별하는 것이냐고 묻자, 박선우는 이렇게 답했다. 끝을 상정해야만 진심을 다할 수 있다고. '헤어짐'이라는 결말이 정해져 있기에 함께인 지금을 충만하게 보낼 수 있다고. 그런 면에서 박선우에게 소설쓰기와 게이 크루징은 꼭 닮았다.

이야기가 여기까지 이르렀을 때, 그렇다면 나는 나와 박선우에게 이 인터뷰 시간이 다시없을 충만한 기억으로 남으려면 어떻게 해야 할지 잠깐 생각했다. 뭔가 치명적인 대화를 나누고 다시는 만나지 말아야 할까. 그렇게까지 비장한 각오를 한 것은 아니지만, 하여튼 조금 짓궂은, 하지만 진심인 질문을 해보기로 했다. 이를테면 『어둠 뚫기』에 대한 소견 중

"과장과 엄살 없이 용기 있는 마음으로 어둠을 뚫고 나가는 한 사람의 발걸음이 뭉클한 감동을 자아"*낸다는 의견에 나는 전혀 동의할 수 없다고. 오히려 "과장과 엄살"이야말로 이 소설의 매력이라고 생각한다고. 더 직접적으로 말하자면, 대체 어쩌자고 이렇게 엄마를 실컷 대상화하고 자신을 한껏 연민하는 소설을 쓴 거냐고 물었다. 질책이나 비난이 아니라, 나는 정말로 그 점이 이 소설의 가장 '퀴어한' 면이라고 생각하기 때문이다. 소설도 스스로 묻고 있지 않은가. "어째서 게이들은 엄마한테 집착하는 경향이 있느냐" "마르셀 프루스트도 그렇고 페드로 알모도바르도 그렇고 자비에 돌란도 그렇고 너도 그렇고…… 예술하는 게이들은 왜 하나같이 마마보이인 거야?"

요컨대 '엄마에게 전적으로 이해받고 싶은 게이 아들의 욕망'을 이해하는 것이야말로 박선우의 독자에게 주어진 과제다. 사람은 누구나 누군가에게 이해받고 싶기 마련이라고? 동의한다. 그런데 그 상대가 왜 하필 엄마인가. 엄마와의 일체화된 관계에서 점차 벗어나 엄마를 '타인'으로 인정하게 되는 것이야말로 '성장'의 핵심 아닌가? 최근 여성 문학에서 빈

---

* 「30돌 맞은 문학동네소설상에 박선우 '어둠 뚫기' 선정」, 서울경제, 2024. 11. 14.

번하게 다뤄지는 모녀 서사를 떠올려보자. 엄마를 애증의 대상으로 여기던 딸은 어느 순간 자신의 성장과 엄마의 노화를 병렬시키며, 엄마를 '나'와의 관계에 매몰된 존재가 아닌, 역사적·사회적 존재로서 인식하게 된다. 엄마가 남긴 일기나 편지, 사진 등은 딸이 미처 몰랐던 엄마의 개인적·역사적 삶을 추적하게 하는 단서들이다. '엄마'가 딸에게 탐구를 요하는 미지의 아카이브로 인식되면서 세대를 초월하는 양자 간의 연대 가능성이 비로소 점쳐진다.

하지만 『어둠 뚫기』는 그런 방식으로 모자 관계를 재현하지 않는다. 이 소설을 포함해, 박선우의 게이 페르소나들은 자신의 감정 및 타인(주로 남자들)과의 관계를 성숙한 시선으로 관조하지만, 유독 엄마와의 관계에서만큼은 유치할 정도로 어리광쟁이다. 예를 들어볼까. 에세이 「다가오는 것들」(『악스트』 2020년 9/10월호)에는 아들이 첫 소설집을 내자 엄마가 친척 및 친구들에게 전화 걸어 책 구입을 종용하며, 자신의 아들이 소설 쓰느라 얼마나 고생했는지를 장황하게 늘어놓는 장면이 있다. 나는 그 장면 뒤에, 엄마의 그런 모습을 바라보는 아들의 마음, 즉 엄마가 기뻐하는 모습을 보며 엄마에 대한 미안함과 고마움이 교차하는 아들의 심경이 서술될 거라고 생각했다. 그런데 웬걸. 이어지는 문장은 "맞아,

엄마…… 나 정말 힘들었어. 그런데 이걸로 인세 한푼도 못 받았어…… 그런데 왜 자꾸 나한테 에어컨 새로 사달래…… 책은 읽지도 않고"(125쪽)라는 아들의 하소연이다. 아니, 엄마가 그간 고생하며 키운 아들의 성장을 모처럼 뿌듯해하는 이 상황이 결국 아들의 철없는 자기 연민으로 귀결되는 게 맞아?

그뿐 아니다. 『어둠 뚫기』에는 평생 미싱 일을 해온 엄마가 공장 폐업으로 인해 두 달 남짓 실업 상태로 지내더니 "집에만 있으니까 심심해서 우울증 걸릴 것 같"다며 다시 취업을 해야겠다고 아들에게 말하는 장면이 있다. 이때 독자로서 내 감정은 '평생을 일했으면서도 결국 아주 짧은 휴식 기간도 마음 편히 누리지 못하는 나이든 엄마에 대한 안쓰러움'이다. 그런데 게이 아들 '나'가 보이는 반응은 좀 엉뚱하다. 여기서 '나'는 자신이 몇 년째 항우울제를 복용하고 있다는 사실을 알면서도 엄마가 "우울증"이라는 단어를 언급했다는 이유로 "심사가 뒤틀"린다(물론 엄마의 단어 선택이 적절했다고 볼 수는 없지만). 즉 '나'는 엄마의 감정이 아닌, 자기 감정에만 한없이 충실하다. 이런 유아적인 반응을 보면, 지금 이 '나'가 내가 앞 챕터에서 목격했던, 상실을 전제로 한 만남에 대해 웅숭깊은 성찰을 보여준 그 성숙한 게이가 맞나 싶다.

심지어 『어둠 뚫기』의 서술자는 엄마가 왜 '광주'를 배경으로 택시 운전사가 나오는 영화를 그토록 싫어했는지, 한평생 미싱 노동자로 일한 엄마의 젊은 날들이 어땠는지, 엄마가 왜 아빠에 대한 이야기만큼은 철저히 함구하는지 절대로 서술하지 않는다. 이 모든 단서들은 한국 근현대사를 관통해온 엄마가 '나'의 엄마이기 전에 우선 '역사적' 존재라는 점을 지시하지만, 소설은 필시 고의적으로 이 모든 정황에 무관심하다. '나'는 엄마에게 전적으로 이해받기를 원하지만 엄마를 이해하는 데에는 이기적일 정도로 관심이 없는 것이다. '이해'에 대한 이 일방적인 요구. 엄마와의 관계에서만큼은 딱 '비치bitch'처럼 구는 이 태도가 '한남'스러운 것인지 '게이'스러운 것인지 우리는 한동안 열렬히 토론했다(박선우는 전자를, 나는 후자를 주장했다).

『어둠 뚫기』에서 엄마의 내면이 직접 드러나는 장면은 하나도 없다. 엄마의 모든 언행은 '나'를 경유하는 방식으로만 재현되고 해석된다. 두말할 것 없이 명백한 '대상화'의 전략이다. 그런데 나는 이 대상화가 옳은지 그른지 따지고 싶지는 않다. 내가 궁금한 건 '나'에게 유독 '엄마'가 마음껏 대상화해도 좋은 상대로 여겨지는 이유다. 똑떨어지는 답을 찾으려던 건 아니지만 우리는 각자의 가설을 내놓기 시작했다. '나'

에게 남자 파트너는 매일 바뀌는 반면, 엄마만큼은 결코 바뀌지 않는 유일한 여성 존재라는 것, 혹은 '나'는 게이지만 동시에 '한국 남자'여서 절대로 딸처럼 엄마와 진실된 관계를 맺지 못할 것이라는 게 박선우의 가설이었다. 그러므로 '나'는 엄마에게 영원히 '애새끼'로 남을 때 가장 행복감을 느낄 거라고 그는 주장했다.

하지만 나는 그가 제시한 두 개의 가설 모두 마음에 들지 않았다. 첫번째 가설은 '엄마'를 고정불변의 존재로 여기는 인식을 나의 견고한 페미니즘 철학이 허용하지 않았기 때문이고, 두번째 가설은 '남성'과 '여성'을 그렇게 손쉽게 분리하는 논법을 그간 정성스레 벼려온 나의 퀴어 정치학이 수용할 수 없었기 때문이다. 물론 그렇다고 내게 깨끗하게 정리된 가설이 있었던 건 아니다. 다만 나는 『애도 일기』(롤랑 바르트, 김진영 옮김, 이순, 2012)에서, 롤랑 바르트가 엄마의 모습이 담긴 사진을 거듭 들여다보며 감지했던 푼크툼punctum이 기실 '엄마'라는 존재의 실제 삶에 대한 것이라기보다는 엄마에게 품어온 자신의 지극히 개인적인 감정, 그 감정의 정체를 새롭게 발견한 데 있었음을 상기했다. 그렇다면 언제나 궁금한 것이 '나'밖에 없는, 즉 자기 탐구를 수행함으로써 '게이-됨'을 실천하는 '나'에게 엄마는 '나'를 스스로 새롭게 발견하게 하는 대상이 아닐까. 이런 식으로, 그토록 이기적이고 유아적인 '대상화'의 수행이 어쩌면 퀴어한 정동의 산물일지도 모른다고 생각해보는 것이 『어둠 뚫기』를 재미있게 읽는 한 가지 방식인 듯싶다.

두 시간 남짓 쉴새없이 이야기를 나눈 뒤, 우리는 잠깐 숨을 골랐다. 이 대화가 더욱 치명적인 것이 되도록 좀더 '기갈'을 부려봐야 할지 아니면 이제 좀 작작 해야 할지 내가 잠시 고민하고 있을 때, 박선우는 의외로 저녁을 먹으러 가자고 제안했다. 인터뷰를 마친 후 그가 '칼퇴'할 거라고 생각했기에 조금 당황했지만, 우리는 인근 중식당으로 자리를 옮겨 좀더 이야기했다. 자기 수저보다 상대방의 수저를 먼저 챙기고, 결코 '선 넘지 않는' 정제된 언어로 이 업계(?)의 고달픔을 심상하게 이야기하는 내 앞의 매너 좋은 사람이 누군가에게 한없이 이해받고 싶은 무구한 욕망의 소유자일 수도 있다는 사실이 흥미로워 나는 속으로 내내 웃었다. 그리고 『어둠 뚫기』가 출간되면 다시 한번 만나자고 인사했던 기억이 나는 걸 보니, 우리 대화가 충분히 치명적이지는 않았던 모양이다. 그건 다행일까, 불행일까.

처음으로 장편소설을 쓰겠다고 연희문학창작촌에 들어갔던 기억이 난다. 한여름이었고, 오래 다닌 직장을 퇴사한 직후였다. 연희문학창작촌은 지나칠 정도로 고요해서 집필실에 앉아 노트북 화면을 보고 있으면 정말로 나 혼자가 된 것 같았다. 그곳에서 나는 아침 아홉시에 일어나 씻고 스트레칭을 한 뒤 사다놓은 빵을 먹으며 해가 저물 때까지 소설을 썼다. 눈앞이 핑 돌고 배가 고파 참을 수 없는 지경이 되어서야 밖으로 나가 불 켜진 식당에 들어갔다. 혼자서 늦은 저녁을 먹다가 문득 고개를 들어 창밖을 지나는 사람들을 본 기억이 난다. 뭐하러 이렇게 살까. 왜 이러고 사는 걸까. 정말로 나 혼자가 된 것 같았다.

이후로도 소설을 쓰고 퇴고하다가 버리길 반복했다. 그런 식으로 생각지도 못한 긴 시간을 견뎠다. 그때 나는 장편소설 쓰기를 포기하고 싶었나? 사실 잘 기억나지 않는다. 몇 번의 시도 끝에 내가 발표한 단편소설 「겨울의 끝」(『햇빛 기다리기』, 문학동네, 2022)을 확장하는 식으로도 쓰게 되었다. 나는 이것을 계절이 세 번 바뀌는 동안 조금씩 쓰며 고쳤다. 그리고 운좋게 완성할 수 있었다.

앞으로도 이런 식의 작업을 반복해야 하다니…… 그런 생각을 하면 조금 난처해진다. 난처해질 뿐, 적어도 무섭지는 않다. 단편소설만 쓰던 시절에는 장편소설을 써야 한다는 생각만으로 어깨가 움츠러들곤 했으니까. 이제는 장편소설이 단편소설보다 좋다. 긴 이야기를 품고 있는 동안 나는 가없이 외로웠고 누구에게도 말할 수 없는 설움을 느꼈으며 혼자 울었다. 그렇게 쓴 소설이 가까스로 다른 사람들에게 내보일 만한 것이 되었을 때, 불현듯 완성의 기미를 보였을 때, 나는 혼자 웃었다. 그것은 누구에게도 빼앗기지 않을 기쁨이었다.

나만의 기쁨.

번번이 내가 사랑하는 대상에 관하여 소설을 쓰는구나 생각한다. 사랑하지 않으면 쓸 수 없는 걸까 생각한다. 그렇지만 이 소설을 쓰고 나니 사랑하지 않는 대상에 관해서도 쓰고 싶어졌다. 어째서 사랑할 수 없었는지에 대해서도 쓰고 싶어졌다. 그런 날이 올까.

　응모작의 좋은 면을 발견해주시고 지지해주신 심사위원분들께 깊이 감사드린다. 이 소설을 쓰는 동안 곁에 있어준 이들에게도 고마운 마음을 전하고 싶다. 끝으로 나의 어머니에게 진심으로 사랑한다고 말하고 싶다. 태어나서 한 번도 건네지 못한 말을 여기에 적는다.

2024년 겨울
박선우

문학동네 장편소설

어둠 뚫기
ⓒ박선우 2025

1판 1쇄 2025년 3월 5일
1판 2쇄 2025년 4월 7일

지은이 박선우
책임편집 서유선 | **편집** 정민교 김내리 염현숙
디자인 김문비 유현아 | **저작권** 박지영 형소진 오서영
마케팅 정민호 서지화 한민아 이민경 왕지경 정유진 정경주 김수인 김혜원 김예진
        나현후 이서진
브랜딩 함유지 박민재 이송이 김희숙 박다솔 조다현 김하연 이준희
제작 강신은 김동욱 이순호 | **제작처** 영신사

펴낸곳 (주)문학동네 | **펴낸이** 김소영
출판등록 1993년 10월 22일 제2003-000045호
주소 10881 경기도 파주시 회동길 210
전자우편 editor@munhak.com | **대표전화** 031)955-8888 | **팩스** 031)955-8855
문학동네카페 http://cafe.naver.com/mhdn
인스타그램 @munhakdongne | **트위터** @munhakdongne
북클럽문학동네 http://bookclubmunhak.com

ISBN 979-11-416-0222-2 03810

www.munhak.com

문 학 동 네 작 가 상   수 상 작

제1회 나는 나를 파괴할 권리가 있다 김영하
비범하고 충격적인 신예의 탄생을 알린 문제작. 매혹적인 죽음의 미학을 탁월하게 형상화하여 한국 문학의 새로운 장을 열었다.

제1회 식빵 굽는 시간 조경란
식빵 굽는 냄새와 함께 펼쳐지는 서른을 앞둔 여성의 황량한 내면 엿보기. 미혹으로 가득찬 인간관계의 부조리함을 탄탄하고 세련된 문체로 드러낸다.

제2회 마요네즈 전혜성
붕괴해가고 있는 우리 시대 가족의 현주소를 적나라하게 파헤친 문제작. 가족과 모성애, 사랑의 이름으로 희생된 '여자' 어머니에 대한 새로운 발견과 통찰이 빛난다.

제4회 기대어 앉은 오후 이신조
삶의 다의적 진실을 꿰뚫어보는 섬세한 감성, 연민과 관용, 정밀한 심리묘사 등과 같은 여성적 미학으로 현대사회에서 훼손된 영혼들 사이의 교신을 형상화한다.

제5회 모던보이—망하거나 죽지 않고 살 수 있겠니 이지민
통념을 깨뜨리는 발상과 거침없고 재치 넘치는 표현으로 삶의 권태를 가로지르는 한바탕 백주의 활극.

제6회 동정 없는 세상 박현욱
야하면서도 건전하고 불순하면서도 순수한 젊은 호흡으로 성장 없는 독특한 성장소설, 동정童貞/同情 없는 우리 시대의 뛰어난 우화를 완성해냈다.

제8회 지구영웅전설 박민규
과연 우리의 상상력은 어디까지가 온전히 우리의 것인가, 되묻게 만드는 엉뚱하고 기발하고 유쾌한 만화적 상상력과 독특한 구성력이 돋보인다.

제9회 어느덧 일주일 전수찬
발랄하고 상쾌한, 연상녀 + 연하남 커플의 유쾌한 일주일. 생을 쿨하게 바라보는 시선, 물 흐르듯 자연스러운 경쾌한 입담, 인물들에 대한 야릇한 호기심이 읽기의 충동을 유지시킨다.

제10회 악어떼가 나왔다 안보윤
날카로운 시선으로 인간 본성의 모순, 우리 사회의 병리적 현상을 풍자하고 조롱해나간다.

제11회 내 머릿속의 개들 이상운
희극적인 상황 설정과 풍자적인 어법에서 시대 상황을 관통해 지나가는 힘이 느껴진다. 적당히 과장된 인물들이 벌이는 한바탕의 소란은 우리 시대의 흥미로운 우화가 되어준다.

제12회 달의 바다 정한아
인물들이 빚어내는 따뜻함이 생에 대한 냉정한 통찰과 어우러져 균형을 이룬다. 아픔을 부드럽게 감싸는 긍정, 가볍게 뒤통수를 치는 듯한 반전의 경쾌함이 돋보인다.

제14회 아무도 편지하지 않다 장은진
여운을 남기는 압축적 구성과 작품 곳곳에 따뜻하게 배어 있는 명징한 유머가 묘한 아픔을 수반하고 있다.

제15회 **사라다 햄버튼의 겨울** 김유철
관계의 가능성이란 그 불가능성을 받아들이는 것에서부터 시작된다는, 이 역설적 진실은 소박하지만 잔잔한 울림을 남긴다.

제16회 **죽을 만큼 아프진 않아** 황현진
삶의 진창을 넘어서고자 애쓰는 한 소년의 고독한 성장기를 과장된 상처 없이, 자기 연민 없이, 신선한 리듬이 살아 있는 위트 있는 문장으로 이야기한다.

제18회 **시간 있으면 나 좀 좋아해줘** 홍희정
거침없이 살기에는 너무 거친 이 시대를 자기만의 속도로 살아가는 나이든 소년/소녀들의 자화상. 타인의 고통에 민감하게 반응하고 그것을 따스하게 감싸안는 공감력은 이 소설만의 힘이라 하기에 충분하다.

제20회 **그믐, 또는 당신이 세계를 기억하는 방식** 장강명
고작 패턴으로 존재하는 인간은 어떻게 그 밖으로 나갈 수 있을까? 이 소설은 시간을 한 방향으로, 단 한 번밖에 체험하지 못하는 인간존재의 한계를 근본적으로 성찰하고 있다.

문 학 동 네 대 학 소 설 상 수 상 작

제1회 **코끼리는 안녕,** 이종산
말하지 않은 채로 무엇인가를 강조할 줄 아는 소설. 저 매력적인 대화들은 우리가 아직 잘 모르는 새로운 스타일의 이야기가 시작되고 있는 것이라는 강력한 예감을 갖게 한다.

제1회 **아프리카의 뿔** 하상훈
탁월한 이야기꾼의 자질이 고스란히 드러난 작품. 치밀하게 자료조사를 하여 소설로 빚기까지의 노고와 작가의 공력이 고스란히 느껴진다.

제2회 **브라더 케빈** 김수연
읽는 내내 능청스러운 문장에 속수무책이고, 각 장이 매듭지어질 때마다 작은 감탄이 새어나온다. 매력적인 캐릭터 구축 능력, 자기 세대의 문제를 포착하는 시선 모두 남다르다.

제3회 **초록 가죽소파 표류기** 정지향
이 시대 대학생이 할 법한 고민 대부분을 정교한 플롯과 다양한 에피소드를 통해 매우 설득력 있게 전개한다. 작가가 서사를 장악하고 있기에 가능한 작품이다.

제4회 **최선의 삶** 임솔아
강렬하고 파괴적인 사건과, 그것을 바라보는 무감한 시선이 섬뜩한 충격을 안겨주는 소설. 불합리와 모순, 그리고 분노를 느끼며 경험하는 잔인한 성장의 일면을 지독히 사실적으로 그려낸다.

제5회 **환상통** 이희주
'빠순이'의 시선에서 들려주는 아이돌 팬덤에 대한 생생한 증언과, 그 사랑의 특수성에 대한 섬세한 기록을 만날 수 있게 해준다